novum pro

AF163155

ALIS GABA

Von schweren Rucksäcken und kleinen Wundern

novum pro

www.novumverlag.com

Bibliografische Information
der Deutschen Nationalbibliothek:

Die Deutsche Nationalbibliothek
verzeichnet diese Publikation in
der Deutschen Nationalbibliografie.
Detaillierte bibliografische Daten
sind im Internet über
http://www.d-nb.de abrufbar.

Alle Rechte der Verbreitung,
auch durch Film, Funk und Fernsehen,
fotomechanische Wiedergabe,
Tonträger, elektronische Datenträger
und auszugsweisen Nachdruck,
sind vorbehalten

Gedruckt in der Europäischen Union
auf umweltfreundlichem, chlor- und
säurefrei gebleichtem Papier.

© 2023 novum Verlag

ISBN 978-3-99131-925-2
Lektorat: Sandra Mizera
Umschlagfotos: Victoria Shibut,
Chumphon Whangchom,
Vladvitek | Dreamstime.com
Umschlaggestaltung, Layout & Satz:
novum Verlag.

www.novumverlag.com

... für Max
... für die kleinen Wunder
... aber vor allem: für mich selbst

Vorwort

„Auch aus Steinen, die einem in den Weg
gelegt werden,
kann man etwas Schönes bauen."
(Robert Lembke)

Jeder hat seinen Rucksack auf seiner Reise – die sich Leben nennt – zu tragen.
Manchmal ist er leicht.
Manchmal ist er ganz schwer.
Manchmal muss man ihn über hohe Berge und tiefe Täler tragen.
Manchmal trägt ihn ein anderer ein Stück des Weges für einen.
Manchmal rennt man damit ein Stück.
Manchmal geht man bedächtig mit kleinen Schritten.
Manchmal rinnt alles aus.
Und MANCHMAL hält der Rucksack auch die eine oder andere Überraschung bereit.

Dieses Buch ist für alle, die einen schweren Weg oder einen schweren Rucksack haben! Es ist aber auch für alle, die nicht die Hoffnung oder den Mut verlieren. Dieses Buch soll vermitteln, dass man nicht allein ist und dass es immer irgendeinen Weg gibt, selbst wenn man das Gefühl hat, dass man sich mit seinem schweren Rucksack im Wald verlaufen hat und nicht mehr herausfindet. Vielleicht gibt es einen Tunnel. Vielleicht gibt es einen Pfad. Vielleicht kann man auf einen Baum klettern und das Ganze aus einer anderen Perspektive betrachten. Oder vielleicht liegt irgendwo eine Motorsäge herum.

TEIL I

„Selbstverständlich sind meist jene Dinge,
die man zu leicht bekommt."

„Wunder sind jene Dinge,
mit denen man nicht mehr rechnet."
(Alis Gaba, 2019)

Wenn Dinge passieren, mit denen man nicht rechnet, tritt eine ganze Palette an Emotionen zu Tage …

Überraschung.
Schock.
Erstaunen.
Freude.
Sorge.
Angst.
Wieder Freude.
Überforderung.
Akzeptanz.

Wie reagiert man, wenn ein Wunder eintritt, mit dem man nicht gerechnet hat?
Man lässt es auf sich zukommen und wächst mit seinen Aufgaben!

Ella und Max waren bereits seit neun Jahren ein Paar und hatten gemeinsam viele Höhen und Tiefen erlebt. Sie waren gewachsen. Miteinander und nicht in entgegengesetzte Richtungen. Sie wuchsen an Aufgaben und Herausforderungen, die ihnen das Leben stellte. Beide vertraten das Motto „Leben und leben lassen" und konnten so gemeinsam, aber dennoch jeder für sich selbst, Ziele verfolgen. Eine gute Ausbildung, gute Jobs, eine gemeinsame Wohnung sowie viele schöne Reisen. Die Tage waren ausgefüllt und das Leben schien erfüllt. Der nächste logische Schritt war, sich wieder weiterzuentwickeln!

Dazu taten sich folgende drei Möglichkeiten auf:
1) Jeder geht seinen Weg.
2) Man ändert nichts.
3) Man geht gemeinsam in eine Richtung.

Wirft man über acht gemeinsame Jahre weg, wenn man eine Person gefunden hat, …
… die einen auffängt, wenn man fällt,
… die einen über Gräben trägt,
… die einen auch liebt, wenn man wie ein Waschbär aussieht?
Ich denke nicht! Somit bleibt nur ein logischer Schritt! Möglichkeit 3)! Deshalb schufen sie sich auch in ihrem neunten, gemeinsamen Jahr ein Eigenheim an und machten daraus ein „Zuhause"!

Das Wort „Kinder" war in diesen neun Jahren immer mal wieder gefallen, jedoch war es bis dahin eher ein abstrakter Begriff gewesen. Sie hatten sich eine Karriere aufgebaut und einen Bau geschaffen und plötzlich kam das Thema auf, dass man es doch probieren könnte. Ohne Druck. Es einfach auf sich zukommen lassen.

Und so setzte Ella – nach rund 13,5 Jahren – die hormonellen Verhütungsmittel ab. Ihr war klar, dass es bei einigen sofort „einschlagen" würde und bei anderen bis zu einem Jahr dauern könnte. Klar, wenn man seinen Körper so lange mit Hormonen vollgepumpt hatte. Daher „übten" sie fleißig und hatten jede Menge Spaß dabei. Die Zeit verging. Nichts passierte. Die ersten Gedanken und Zweifel schlichen sich ein. Ein Urlaub (im September) sollte sie auf andere Gedanken bringen. Nur sie beide. Das Meer. Gutes Essen. Romantische Spaziergänge. Kleine Wanderungen. Und man konnte sich für einige Zeit in eine eigene, kleine Welt flüchten.

Eine aussetzende Periode und unregelmäßige Zyklen waren nichts Ungewöhnliches. Krämpfe und ein ständiges Ziehen im Unterleib allerdings nichts Alltägliches. Wenn man sich mit zwei „Aushilfsärzten" an zwei verschiedenen Orten herumschlägt, sollte man sich schleunigst einen vertrauenswürdigen Frauenarzt in der Nähe suchen! Der erste Frauenarzt hatte (im Oktober) entdeckt, dass Ella eine größere Zyste im Eierstock hatte und wollte sie damit beruhigen, dass das schon mal vorkommen könne und rund 95 % solcher Zysten von alleine wieder weggehen, sprich platzen und bei der nächsten Periode rausgespült werden. Ella litt und fand das alles gar nicht hilfreich. Wenn man so viele Jahre Hormone zur Verhütung zu sich genommen hat und dann absetzt – sozusagen auf „kalten Entzug" geht – dann müssen das der Körper und die Psyche erst einmal verarbeiten. Und dann kommen zum Kinderwunsch auch noch erschwerte Ausgangsbedingungen (unregelmäßige Zyklen, unreine Haut, Haarausfall, Haare an Stellen, wo sie nicht hingehören, Zysten etc.) hinzu! Ella ist niemand, der gerne aufgibt. Wann immer ihr irgendjemand sagte, dass sie etwas nicht konnte, dann überzeugte sie ihn erst recht vom Gegenteil! Und das war wieder so ein Zeitpunkt! Max unterstützte seine Ella, konnte aber natürlich nicht alle Emotionen 100%ig verstehen. Ella begann, auf eigene Faust zu recherchieren. Sie wollte sich nicht einfach von einem Arzt abspeisen lassen, der Dinge, die sie belasteten, als „Lappalie" abtat! Sie – die immer ein gutes Körpergefühl hatte – kannte plötzlich ihren eigenen Körper nicht mehr und alles kam ihr „eigenartig" vor!

Bei ihren Recherchen stieß sie auf etwas, dass sich PCO-Syndrom („polyzystisches Ovar-Syndrom") nannte!

Zusammenfassung der Recherchen (vgl. Schultz, 2020/ vgl. Müller, 2021/vgl. Gesundheitsportal, AT, 2021):

Die charakteristischsten Merkmale des PCO-Syndroms sind:
- *chronische Zyklusstörungen (eher längere Zyklen oder völliges Ausbleiben der Periode oder des Eisprungs beeinträchtigen die Fruchtbarkeit)*
- *Überschuss an männlichen Hormonen (Grund für Behaarung an untypischen Stellen wie z. B. Damenbart, Haare auf der Brust oder am Rücken bzw. Haarausfall sowie Akne → Dies stellt oft eine psychische Belastung dar und ist auch Ursache für Störungen bei der Reifung der Eizellen.)*
- *mehrfache Zysten an den Eierstöcken (Ovarien) (Diese geben dem Krankheitsbild seinen Namen, auch wenn sie nicht alle Patientinnen mit PCOS haben.)*
- *Erhöhung des hypophysären Hormons LH (luteinisierende Hormon) über das des FSH (Follikel-stimulierende Hormon) (Beide Hormone werden in der Hirnanhangdrüse (Hypophyse) gebildet und regeln maßgeblich die Funktionsabläufe in den Eierstöcken. → Normalerweise ist FSH höher als LH!)*

Weitere Hinweise können ein unerfüllter Kinderwunsch (durch den nicht stattfindenden Eisprung), Übergewicht, erhöhte Blutfettwerte, gestörter Zuckerstoffwechsel bis hin zu Diabetes oder Bluthochdruck sein. Weltweit sind rund 8 % aller Frauen im fortpflanzungsfähigen Alter betroffen. Übergewichtige Frauen (ca. 50-70 %) sind deutlich häufiger betroffen, aber auch schlanke Frauen mit einem normalen BMI können betroffen sein. Die Ausprägung kann sehr unterschiedlich sein und in der Symptomatik von Frau zu Frau stark variieren. Nicht selten dauert es daher Jahre, bis bei betroffenen Frauen die richtige Diagnose gestellt wird. Studien belegen, dass genetische Faktoren eine wichtige Rolle spielen. Oft sind mehrere Familienmitglieder davon betroffen. Es kann von der Mutter auf die Tochter übertragen werden. Betroffene Frauen könnten auch im Mutterleib hohen Spiegeln von männlichen Sexualhormonen ausgesetzt gewesen sein und dadurch die Erkrankung entwickeln. Allerdings ist eine Vielzahl von Genen an der Entstehung beteiligt. Neben geneti-

schen Ursachen können auch Umwelteinflüsse und persönlicher Lebensstil (Ernährung und Bewegung) eine Rolle spielen. Eine Heilung des PCO-Syndroms ist derzeit nicht möglich. Allerdings gibt es Möglichkeiten – wie Änderungen des Lebensstils, medikamentöse Therapie, Hormonbehandlung oder Operation – die Symptome und Begleiterscheinungen zu behandeln. Wenn starke Körperbehaarung oder Akne behandelt werden sollen, wird meist die Antibaby-pille verschrieben. Wenn ein unerfüllter Kinderwunsch im Vordergrund steht, kann mit Medikamenten (z. B. Clomifen oder Metformin), die Follikelreifung und die Wahrscheinlichkeit für einen Eisprung erhöht werden. Natürlich muss dann während der Einnahme regelmäßig via Ultraschall kontrolliert werden, ob die Eizellen heranreifen und ein Eisprung stattfindet. Ein operatives Vorgehen ist nur bei Frauen mit ausgeprägten Symptomen und Versagen medikamentöser Therapien anzuraten. Dabei werden mit einer Nadel mehrere kleine Einstiche in die Eierstöcke vorgenommen (Ovarial-Stichelung), wodurch regelmäßige Zyklen forciert & Eisprünge hervorgerufen werden. Die Schwangerschaftschancen steigen vorübergehend.

All ihre Symptome passten zu ihren Recherchen und so begab sie sich mit ihren Vermutungen (im November) zu einer anderen Frauenärztin (da sie mit dem ersten Mediziner nicht zufrieden gewesen war), um einen Rund-um-Check mit Blutuntersuchung machen zu lassen. Leider sollten ihre Befürchtungen rund 2,5 Wochen später (im Dezember) bestätigt werden, als die Testergebnisse kamen und sie sich wieder bei besagter Ärztin einfinden musste. Zu dieser Zeit hatte Ella auch die zweite, größere Zyste im Eierstock und die Periode setzte wieder ca. zwei Monate aus. Max war eine tolle Stütze und versuchte, Ella in allem beizustehen, aber eben ein Typ, der leider nicht alles aus der Perspektive einer Frau verstand. Also entschloss sie sich dazu, die Informationen, die sie in dieser Zeit gewonnen und die Ereignisse, die geschehen waren, mit einer zweiten Ansprechperson aufzuarbeiten. Und wer könnte hier besser als Zuhörer fungieren als die eigene Mutter?
Jeder geht mit einer bzw. seiner Diagnose anders um. Für Ella war es wichtig, dass sie jemanden zum Reden hatte, allerdings

wollte sie nicht, dass ihr Umfeld über ihren Zustand Bescheid wusste. Somit war dies auch mehr oder weniger eine Probe – sagen wir ein Vertrauensbeweis – ob ihre Mutter diese Geschichte für sich behalten konnte. Das war bestimmt eines der schwersten Dinge, die ihre Mutter je machen sollte, da sie ihrem Vater so gut wie alles erzählte. Aber Ella wurde positiv überrascht und das stärkte sie in ihrem weiteren Tun und Handeln. Sie war noch nicht bereit, mehr Menschen einzuweihen. Für den Körper und die Psyche waren Krankheit und Symptome schon genug Belastung. Sie brauchte es gar nicht, dass sich auch noch die Leute das Maul darüber zerrissen und im besten Fall – weil sie es ja „nur gut meinten" – ständig nach ihrem Befinden bzw. „Status" (Fragen wie: Du willst schwanger werden? Bist du jetzt schon schwanger? Geht es überhaupt? Welche Möglichkeiten hast du? – etc.) fragen würden. Wenn man sich etwas mit PCO auseinandersetzt, wird einem klar, dass gar nicht so wenige Frauen davon betroffen sind (fast jede zehnte Frau weltweit). Die einen in einer stärkeren ausgeprägten Form, die anderen etwas schwächer ausgeprägt. Jeder auf eine andere Art und Weise. Die zwei Hauptprobleme bei PCO, wenn man schwanger werden will (neben den lästigen, psychisch belastenden Dingen wie Haarausfall, Haarwachstum an Stellen, wo sie nicht hingehören und Pickel), sind, dass 1. keine Eizellen heranreifen und 2. keine Eizellen aus dem Eierstock in den Eileiter springen. PCO ist zwar nicht heilbar, aber behandelbar. Darum gab es für Ella auch hier wieder nur eine Option. Nach diesem unheilverkündenden Rückschlag nahm sie getreu dem Motto „Selbst ist die Frau!" wieder ihre Recherchetätigkeiten auf und suchte nach Wegen, Möglichkeiten und Lösungen, um an ihr Ziel zu gelangen!

Ok. Nun war sie an einem Punkt, an dem ihr klar wurde, dass sich ein klassischer, bewiesener Ablauf verändert hatte. Die Spielregeln hatten sich geändert. Die Bedingungen wurden erschwert. Was macht man in einer solchen Situation? Aufgeben? Auf keinen Fall! Wohl eher „sich schlau machen"! Nach dem „Ausschlussverfahren" arbeiten. Alle Parameter berücksichtigen und alle Möglichkeiten zusammentragen. Standard-Parameter waren eine gesunde Frau und ein gesunder Mann, die zu einem bestimmten Zeitpunkt verkehrten, um – gewiss auch mit etwas Glück – neues Leben zu schaffen. Natürlich gehören hier auch weit detailliertere Parameter (wie normaler Zyklus, Eizellenreifung, Eisprung, Spermienqualität, Befruchtung, Einnistung etc.) hinzu. Wenn man allerdings davon ausgeht, dass bereits zwei bis drei Standard-Parameter gestört sind, sollte man sich im ersten Schritt davon überzeugen, dass alle anderen Parameter zumindest nicht in Mitleidenschaft gezogen werden. Daher waren sich Ella und Max darüber im Klaren, dass nicht nur Ella, sondern auch Max Dinge abklären lassen musste. Somit war ein „Spermiogramm" der nächste logische Schritt für Max.

Zusammenfassung der Recherchen (vgl. Schneider/Urech-Ruh/Talimi/van den Bergh/Hohl, 2011/vgl. Breitbach, 2010 & 2021):

Ein Spermiogramm ist das Ergebnis einer Untersuchung des Ejakulates eines Mannes. Es dient der Überprüfung der Zeugungsfähigkeit bzw. der Sterilität des Mannes. Dazu wird die Samenflüssigkeit (frisch) nach drei- bis fünftägiger sexueller Enthaltsamkeit durch Masturbation gewonnen, um im Labor nach festgelegten Parametern (wie z. B.: Menge, pH-Wert, Spermienkonzentration, Morphologie, Motilität etc.) und Kriterien untersucht zu werden.

Normalwerte des Spermiogramms nach der Weltgesundheitsorganisation (WHO) 2010:

Spermiogramm	WHO – 2010	WHO – 2021
Volumen	≥ 1,5 ml	≥ 1,4 ml
pH-Wert	zwischen 7,2–8,0	
Spermienkonzentration	min. 15 Mio. Spermien/ml	≥ 16 Mio./ml
Gesamtzahl der Spermien	≥ 39 Mio.	≥ 39 Mio.
Motilität gesamt: (bewegliche Spermien)	≥ 40 %	≥ 42 %
Motilität (Beweglichkeit):	ca. 32 % der Spermen sollten sich nach vorne (progressiv) bewegen	≥ 30 %
Morphologie (normal geformte Spermien)	min. 4 % – normales Erscheinungsbild (regelmäßig geformten ovalen Kopf, ein etwa gleich langes, aber deutlich schmaleres Mittelstück und einen Schwanz)	≥ 4 %

*Die Parameter zur Spermienanalyse wurden nach über 10 Jahren von der WHO (Weltgesundheitsorganisation) 2021 aktualisiert.

Von einem unauffälligen Befund spricht man, wenn die Messergebnisse gleich groß oder größer der oben angeführten Werte sind. Bei Unterschreitung der Werte besteht ein auffälliger Befund und die Werte sollten kontrolliert werden.

Ein Besuch beim Urologen (im Jänner) brachte die Gewissheit, dass die Spermienqualität von Max im Normbereich lag. Material, mit dem man arbeiten konnte. Somit wurde getreu dem „Ausschlussverfahren" weiter probiert.

Die Belastung und der Druck wurden immer größer und nach langem Hin und Her war Ella bereit, eine weitere Person einzuweihen …

Warum sind manche Dinge ganz leicht? Warum sind manche Dinge ganz schwer?

Wenn man sich mit Menschen unterhält, glänzen einige mit Fachwissen und sozialer Kompetenz und andere hören sich einfach nur gerne selbst reden. Jeder weiß alles besser. Weiß besser über das Leben der Anderen Bescheid. „Sie meinen es ja nicht böse. Sie meinen es ja nur gut. Sie wissen ja nichts davon", sagte er. „Ja, sie wissen nichts davon und das ist auch gut so! Es geht sie nichts an! Es geht niemanden etwas an! Außer ich will es ihn wissen lassen. Es ist meine Entscheidung!", schrie sie.

Warum sind manche Dinge ganz leicht? Warum sind manche Dinge ganz schwer?

Tränen liefen über ihr Gesicht. Tränen der Traurigkeit. Tränen der Wut. Der Wut über die Situation. Die Situation, die sie in diesem Moment nicht ändern konnte. Tränen der Erleichterung, weil sie es ihm gesagt hatte. Er sah sie schockiert und überfordert an. Ließ sie ausreden, sie fertig erzählen. Dann ging er zu ihr und nahm sie in den Arm. Nahm sie RICHTIG in den Arm. Tränen schimmerten in seinen Augen, aber er ließ sie sich nicht ansehen. Er glaubte, dass sie nicht sah, dass ihn das genauso belastete, weil er sich hilflos fühlte. Er ist niemand, der sich hilflos fühlen will. Er nimmt Dinge in die Hand. Er drückte ihr tränenverschmiertes Gesicht an seine Brust; hielt sie ganz fest; strich über ihren Rücken und sagte: „Du weißt, dass du mit uns über alles reden kannst! Wir sind immer für dich da!" Sie nickte leicht. „Ja, Papa. Ich weiß!", dachte sie. Sie sprach es nicht aus. Und alles war gesagt. Für jetzt. Für den Moment.

Ella zählte jetzt – Gott sei Dank – nicht zu den rund zwei Drittel, die PCO hatten und mit Übergewicht kämpfen mussten, somit war die lästige Abnehmerei nicht der Hauptfokus. Allerdings war ihr klar, dass ihre Eizellen einen „kleinen Motivationsschub" benötigten, dass sie a) reifen & b) springen mussten. Nach einer Vielzahl an Recherchen und Absprachen mit Frauenärztin & Co entschloss sie sich dazu, „Clomifen-Tabletten" zu nehmen, bevor sie zu drastischeren Maßnahmen würde greifen müssen.

Zusammenfassung der Recherchen (vgl. Clanner-Engelshofen & Waxenegger, 2021 sowie Rücksprache mit persönlichen Frauenärzten):

***Clomifen** ist ein Wirkstoff, der die Hirnanhangsdrüse stimuliert und vermehrt Hormone produziert, die zu einer Anregung der Eierstöcke und somit zu einem Eisprung führen soll. Es wird vor allem von Frauen, die einen unregelmäßigen Zyklus und keinen oder einen seltenen Eisprung haben, als potentielles Hilfsmittel angesehen. Clomifen wird fünf Tage hintereinander eingenommen. Mit der Einnahme wird entweder am 3. oder am 5. Zyklustag begonnen. Wenn die Patientin auf das Mittel anspricht und sich eine oder vielleicht sogar zwei Eizellen dadurch bilden, sollte der Eisprung meist zwischen dem 12. und 16. Zyklustag erfolgen. Tritt er 20 Tage nach der Einnahme noch nicht auf, muss die nächste Regelblutung abgewartet oder ausgelöst werden und es kann im nächsten Zyklus mit einer erneuten Clomifen-Behandlung gestartet werden. Darüber hinaus ist es notwendig, zu dieser Zeit (ca. 12.-16. Zyklustag) regelmäßige Ultraschall-Untersuchungen (ca. alle zwei Tage) durchzuführen, um zu überprüfen, ob sich eine oder mehrere Eizellen gebildet haben bzw. ob ein Eisprung stattgefunden hat. Jede Frau reagiert sehr unterschiedlich auf den Wirkstoff. Clomifen sollte nicht länger als sechs Zyklen (innerhalb des ganzen Lebens einer Frau) angewendet werden, da zum einen die Chancen auf eine Schwangerschaft sinken und sich zum anderen das Risiko an Eierstockkrebs zu erkranken, erhöht. Die Einnahme sollte niemals ohne ärztliche Kontrolle erfolgen!*

Ella ließ sich die Clomifen-Tabletten von ihrer Frauenärztin (Nr. 2) verschreiben. Vorher galt es allerdings, noch einen anderen Stein aus dem Weg zu räumen. Sie musste ihre Periode auslösen und da sie ja mit unregelmäßigen Zyklen zu kämpfen hatte und mit dem Mittel ihrer Wahl starten wollte, benötigte sie davor noch etwas Hilfe. Die Frauenärztin hatte ihr „Duphaston-Tabletten" verschrieben. Die sollte sie 10 Tage lang (á 2 Stk.) einnehmen und 1-4 Tage nach der letzten Tablette sollte ein neuer Zyklus (sprich: Tag 1 der Periode) beginnen, den sie nun also mit der Einnahme einläutete. Ungefähr zu dieser Zeit sah sie sich aber auch bzgl. eines neuen Frauenarztes um, da sie mit Frauenärztin Nr. 2 aus logistischen und terminlichen Gründen nicht auf einen Nenner kam. Zu ihrem Glück fand sie durch Zufall nun endlich eine nette, kompetente Frauenärztin (Nr. 3) in der Nähe, die auf ihre Bedürfnisse einging. Sie hatte die Clomifen-Einnahme in diesem Zyklus umgesetzt und die Frauenärztin stellte bei der Ultraschall-Untersuchung (im Februar 2018) auch fest, dass sich zwei Eizellen (bereit zum Sprung) gebildet hatten. Somit standen Ella und Max und ein paar Stunden „Liebe" nichts mehr im Wege. Danach hieß es abwarten. Untätiges Dasitzen und Abwarten war noch nie ihr Ding und so machte sie nicht nur sich, sondern auch Max verrückt. Wenn das nicht klappen sollte, würde sie es noch einmal probieren. Gleichzeitig wollte sie aber keine Zeit verlieren und recherchierte schon nach weiteren Möglichkeiten. Es stellte sich heraus, dass es in diesem Zyklus nicht geklappt hatte und so ließ sie sich von ihrer neuen Frauenärztin für den nächsten Zyklus noch einmal Clomifen verschreiben. Allerdings hatte sie so ein Gefühl. Ein Gefühl, dass sie zwar von ihrer Frauenärztin gut betreut wurde, dass es allerdings andere Institutionen oder Personen gibt, die sich besser und mehr im Detail mit ihrer Situation auseinandersetzen würden. So besprach sie ihre Gedanken mit Max. Er war bei allem dabei. Wollte sie unterstützen, wo es ging. So kam es, dass sie potentielle Kinderwunschzentren (KiWu-Zentren) in der Umgebung verglich und einen Kennenlerntermin (im März) ausmachte. Max begleitete sie natürlich. Die Vorgeschichte wurde aufgerollt und die Möglichkeiten besprochen. In jenen Tagen startete zeitgleich der zweite Clomifen-Zyklus, bei dem sich wieder eine Eizelle im linken Eierstock gebildet hatte. Getreu dem „Ausschlussverfahren" wollten sie weitere, potentielle Hindernisse ausloten und machten eine Woche später einen Termin im KiWu-Zentrum für eine „Eileiter-Durchgängigkeits-Prüfung". Wenn sie schon die Eizellen dank Clomifen zu Reifung brachten, war zu klären, ob Hindernis 2) (der Eisprung) funktionierte. Dazu war es notwendig zu klären, ob die Eileiter unbeschädigt und somit der Weg für die Eizelle frei waren. Max hatte sie bis dahin immer uneingeschränkt unterstützt und zu allen Terminen begleitet. An diesem Tag – an dem diese „Eileiter- oder Tuben-Durchgängigkeits-Prüfung" durchgeführt werden sollte, war er allerdings verhindert. Ella war ein „großes Mädchen" und dachte, dass das nicht so schlimm werden würde. Allerdings sollte sie eines Besseren belehrt werden.

Zusammenfassung der Recherchen (Seidl, Hudelist, Just & Kumposcht, 2021):

Bei einer „Eileiterdurchgängigkeitsprüfung" wird nach der Desinfektion des Muttermundes ein dünner Plastikkatheter (Schlauch) in die Gebärmutterhöhle eingeführt. Durch diesen wird ein Kontrastmittel über den Gebärmutterhals eingespritzt und langsam in die Eileiter gespült. Durch einen zeitgleichen Ultraschall können die Dehnung und Durchgängigkeit der Eileiter verfolgt werden.

Nun hatte sich während dieser Prozedur (die etwas schmerzhaft war) herausgestellt, dass der linke Eileiter komplett verschlossen und der rechte Eileiter schwer durchgängig war. Was auch erklärte, dass sie zwar auf das Clomifen angesprochen hatte, da sich ja im ersten Zyklus (jeweils im linken Eierstock) zwei Eizellen und im zweiten Zyklus eine Eizelle gebildet hatten, es allerdings zu keinem Eisprung kam. Ella war am Boden zerstört. Lag allein – nach diesem weiteren Schlag ins Gesicht – im Ruhezimmer und sollte anschließend noch zur Arbeit fahren. Auf dem Weg dorthin rief sie Max an und erzählte ihm mit tränenerstickter Stimme von den Vorkommnissen. Max versuchte sie zu beruhigen und erklärte, dass sie doch auch bis jetzt alles gemeinsam geschafft hatten und auch das schaffen würden. „Ja, du hast recht, aber du wirst mich so etwas nie wieder alleine machen lassen! Das war am furchtbarsten. Der nächste Genickschlag. Und ich war ganz allein", sagte sie. „Nein. Wenn ich das gewusst hätte, hätte ich dich das doch nicht alleine machen lassen", antwortete er. Und so fuhr sie in die Arbeit, um sich abzulenken und sich die nächsten Schritte zu überlegen.

Eine Woche später (noch immer im März) hatten sie sich erneut zu einem Termin im KiWu-Zentrum eingefunden, um das weitere Vorgehen zu besprechen. Gut, nun gab es zwei Möglichkeiten: Entweder man beschwert sich über die vielen Steine, die einem in den Weg gelegt werden oder man freut sich über die noch zur Verfügung stehenden Lösungsvorschläge und sieht somit die noch offenen Chancen.

> „Wenn der Wind der Veränderung weht,
> bauen manche Menschen Mauern
> und andere Windmühlen."
> (Alis Gaba, 2016)

Nachdem Ella und Max alle Ereignisse zusammengefasst und alle Faktoren gegeneinander abgewogen hatten, kamen sie – gemeinsam mit den KiWu-Spezialisten – zur Schlussfolgerung, dass der nächste logische Schritt nur eine IVF-Behandlung sein konnte.

Zusammenfassung der Recherchen (vgl. Hermes, 2019/ vgl. TFP Fertilitiy Austria, 2020/vgl. Kinderwunsch im Zentrum):

Jedes zehnte Paar benötigt ärztliche Unterstützung bei der Erfüllung des Kinderwunsches. Die **In-vitro-Fertilisation (IVF-Behandlung)** *ist eine Methode zur künstlichen Befruchtung und wird bei nicht zu behebenden Fruchtbarkeitsstörungen (wie z. B. PCO; verschlossenen oder fehlenden Eileitern, eingeschränkter Zeugungsfähigkeit des Mannes etc.) eingesetzt.*

Der Ablauf einer IVF im Überblick:

1) *Hormonelle Stimulation*
2) *Zyklus-Monitoring*
3) *Follikelpunktion*
4) *Befruchtung der Eizellen mit Samenzellen im Reagenzglas*
5) *Erfolgskontrolle*
6) *Transfer des Embryos*

*Im Rahmen der IVF-Behandlung ist der erste Schritt die **hormonelle Stimulation**, um die Eierstöcke anzuregen und mehrere Eizellen gleichzeitig zu reifen. Dazu injiziert sich die Frau ca. elf Tage lang (ab Beginn eines neuen Zyklus und abhängig vom Follikelwachstum) mit einer Spritze oder einem Pen ein follikelstimulierendes Hormon (FSH) in einer festgelegten Dosis direkt unter die Haut (Bauch). Zwischen dem 6. und 8. Zyklustag ist eine Ultraschalluntersuchung im Zuge des **Zyklus-Monitorings** notwendig, um zu sehen, ob und wie viele potentielle Follikel reifen. Je nach Follikelgröße muss auch entschieden werden, wann die Eizellen entnommen werden. Der Follikelsprung (Ovulation) wird durch das Hormon HCG ausgelöst. Ca. 32 bis 36 Stunden später, kurz vor dem Eisprung, erfolgt dann die so genannte **Follikelpunktion** im Rahmen eines kurzen operativen Eingriffs (mit Beruhigungs- und Schmerzmittel bzw. durch Narkose). Dabei entnimmt der Arzt unter Ultraschallkontrolle mit Hilfe einer feinen Punktionsnadel (transvaginal = durch die Scheide) die reifen Eizellen aus den Eierstöcken. Hier kann es zu leichten Blutungen und einem Wundgefühl kommen. Schonung nach einem solchen Eingriff ist essentiell.*

*Zum Zeitpunkt der Eizellenpunktion findet auch die Spermiengewinnung (je nach Spermienqualität durch Masturbation oder einen mikrochirurgischen Eingriff) statt. Anschließend werden die gewonnenen **Eizellen mit den Samenzellen im Reagenzglas befruchtet**. Die Erfolgsrate ist u. a. auch abhängig von der Anzahl und Qualität der gewonnen Eizellen und Spermien. Nach erfolgreich gewonnen Eizellen und Spermien sowie einer **erfolgreichen Befruchtung** (Kontrolle, ob es zur Befruchtung gekommen ist, frühestens nach 18 Stunden) kann ein **Embryonentransfer** angestrebt werden. Meist werden ein bis zwei Embryonen (je nach Alter und Vorgeschichte) am 2.Tag nach Befruchtung (4-Zell-Stadium) oder am 5.Tag nach Befruchtung (Blastozysten-Stadium) in den Uterus transferiert. Der Transfer erfolgt mit einem Katheter (einem dünnen, biegsamen Schlauch), der durch die Scheide eingeführt wird. Er verursacht normalerweise keine Schmerzen und erfordert deshalb auch keine Schmerz- oder Betäubungsmittel. Sind nach dem Transfer noch immer Embryonen guter Qualität vorhanden, besteht die Möglichkeit, die überzähligen Embryonen in flüssigem Stickstoff (Kryokonservierung) einzufrieren. Glückt die IVF beim hormonellen Stimulationsver-*

*such nicht, können die eingefrorenen Embryonen für anschließende Behandlungszyklen verwendet werden. Das erspart der Frau eine weitere hormonelle Stimulation sowie Eizellentnahme. (Vor dem 35. Lebensjahr sollten nicht mehr als zwei Embryonen – aufgrund des erhöhten Risikos von Mehrlingen und somit einer Risikoschwangerschaft – transferiert werden.) Nach dem Transfer wird das Einnisten der befruchteten Eizelle durch die Gabe von Hormonen unterstützt. Ca. 14 Tage nach dem Embryotransfer kann eine Schwangerschaft mit Hilfe von Blutentnahme oder HCG-Bestimmung im Urin nachgewiesen oder ausgeschlossen werden. Die Erfolgsrate, schwanger zu werden und ein Kind auszutragen, liegt bei ungefähr 20–40% (Die erfolgreichsten, österreichischen Institute haben eine Erfolgsrate von rund 40% im ersten IVF-Zyklus, weltweit liegt die Erfolgsquote bei ca. 25%.) und ist u. a. auch vom Alter der Frau zum Zeitpunkt der Eizellentnahme abhängig. Eine IVF-Behandlung stellt einen sehr aufwendigen und kostenintensiven Prozess dar und kann sich für beide beteiligte Partner als starke Belastung herausstellen. Aus **psychischer Sicht** steht neben dem erfolglosen Kinderwunsch der Leistungsdruck für beide Parteien im Vordergrund. Aus **gesundheitlicher Sicht** ist vor allem die Frau betroffen, die die notwendigen, oftmals über Monate oder Jahre andauernden Hormonbehandlungen mit starker Dosierung über sich ergehen lassen muss. Diese können zu Gemütsschwankungen, Gewichtszunahme, Ödemen, gesteigertem Infarktrisiko etc. führen. Die Entnahme der Eizellen stellt eine Operation mit allen möglichen Risiken (Infektion, Verletzung innerer Organe etc.) dar. Zudem können weitere Risiken wie z. B. Überstimulation, ein erhöhtes Risiko einer Eileiterschwangerschaft (ca. 4%) sowie eine erhöhte Rate von Fehlgeburten auftreten. Daher sollte man sich gründlich Gedanken über den Nutzen, die Kosten und Risiken eines solchen Verfahrens machen!*

Nach ausgiebiger Rücksprache mit Max über sämtliche Vor- und Nachteile begann Ella im nächsten Zyklus (im April) mit der Spritzen-Therapie als Basis für die IVF-Behandlung. Rund elf Tage Spritzen- & Tabletteneinnahme, um am 12. Tag mit einer weiteren Spritze den Eisprung auszulösen, gingen nicht spurlos an ihr vorbei. Ein aufgeblähter Bauch, körperliches Unbehagen und psychischer Druck tauchten als Begleiterscheinungen auf. Ca. 36 Stunden später (direkt vor dem Eisprung) fand die Punktion statt. Dazu musste sie – gemeinsam mit Max – wieder ins KiWu-Zentrum. Da jede Frau anders auf eine solche Behandlung reagierte, wusste sie nicht, was sie tatsächlich erwartete. Durch den zwischenzeitlichen Kontrollultraschall wusste sie, dass sich Follikel gebildet und sie somit auf die Behandlung angesprochen hatte. Allerdings wusste sie nicht, wie viele und in welcher Qualität. Im Zentrum angekommen musste sie sich für den Eingriff vorbereiten. Sie wurde unter Narkose gesetzt und punktiert. Max sollte in der Zwischenzeit auch „seinen Beitrag" (Gewinnung der Samenzellen durch Masturbation) leisten. Als sie im Ruhezimmer aufwachte, kam die Biologin ganz aufgeregt auf sie zu und erzählte ihr, dass alles gut gegangen war und sie in der Lage waren, eine große Menge an Eizellen zu gewinnen. Generell spricht man von einer „optimalen Anzahl", wenn ca. 10 – 15 Eizellen gewonnenen werden konnten. Die Biologin war ganz aus dem Häuschen und erzählte Ella, dass sie so etwas wie ihr persönlicher Rekord sei, da sie 36 Stück. punktieren und davon 32 reife Eizellen gewinnen konnten! Somit hatten Ella und Max wieder „Material, mit dem sie arbeiten konnten".

Fünf Tage nach der Punktion sollte der Embryotransfer stattfinden. Aber natürlich kam es auch hier wieder ganz anders als gedacht. Zwei Tage nach der Punktion (Anfang Mai) war Ellas

Bauch super geschwollen und aufgebläht. Das Gehen war mühsam. Ihr Körper machte komische Dinge. Sie fühlte sich wahnsinnig unwohl und teilte Max mit, dass es wohl das Beste wäre, ins Krankenhaus zu fahren. Dort angekommen wurden einige Tests gemacht und es stellte sich relativ rasch heraus, dass es sich um eine Überstimulation aufgrund der IVF-Behandlung handeln musste. Eine stationäre Aufnahme im Spital erfolgte und somit war erstmal nicht an einen möglichen Embryotransfer zu denken!

Zusammenfassung der Recherchen (Sander & Borcard, 2011):

Zu den Risiken der IVF-Behandlung gehört u. a. das **Überstimulationssyndrom (Ovarian Hyper Stimulation Syndrome = OHSS).** *Bei der Entnahme der Eizellen kann es zu Verletzungen an Gewebe und Organen (Blase, Darm, Gefäße etc.) kommen. Die Stimulation der Eierstöcke geschieht unter sorgfältiger Planung und Kontrolle – dennoch kann es nicht immer gelingen, eine Überstimulation zu vermeiden: Einerseits soll ein möglichst gutes Ergebnis für die Patientin erzielt werden (ausreichend Eizellen gewonnen), andererseits ist die Reaktion des Körpers sehr individuell und nicht zu 100% voraussagbar. Daher kann die Ausprägung sehr unterschiedlich sein, von einer leichten Störung des Wohlbefindens bis hin zu einer schweren Erkrankung, die stationär behandelt werden muss. Vorstufen der Symptome (wie z. B. Spannungsgefühl im Unterbauch, Unwohlsein, leichte Übelkeit) können auch während einer normal verlaufenden Stimulation auftreten und benötigen keine besondere Therapie. Moderate Formen können z. B. Unwohlsein, leichte Schmerzen, Übelkeit, Gefühl von Blähungen, Nachweis von Aszites (Wasseransammlung im Bauch) durch Ultraschall und vergrößerte Eierstöcke sein. Schwerere Formen wie z. B. Übelkeit, Erbrechen, Durchfall, Oligurie (Veränderung in der Harnausscheidung), (Ober-) Bauchschmerzen, Atembeschwerden, Zwerchfellreizung, Ultraschall zeigt vergrößerte Eierstöcke und deutliche Aszites können hingegen sogar lebensbedrohlich werden. Allerdings ist die Wahrscheinlichkeit einer schweren Überstimulation mit rund 1% sehr gering. Man vermutet, dass durch den über-*

stimulierten Eierstock gefäßaktive Substanzen in die Blutbahn gelangen und die Durchlässigkeit der Wände der Blutgefäße erhöht wird. Dadurch treten vermehrt Flüssigkeit und Eiweiß aus den Blutgefäßen in Bauchraum und Gewebe ein und führen so zu Wasseransammlungen (was bis zu einer Lungenembolie führen kann).

Wenn wir uns ansehen, zu welcher Gruppe Ella bisher immer gezählt hat, dann ist es die der „geringen Wahrscheinlichkeiten":

	ELLA
Ca. 8% aller Frauen weltweit leiden an **PCO**.	☑
Ein **Eileiter komplett verschlossen** und einer **schwer durchgängig**.	☑
Nur 0,1–2% aller IVF-Behandlungen enden in einer **schweren** (fast lebensbedrohlichen) **Überstimulation**.	☑

Ella musste einen 10-Tages-Aufenthalt im Krankenhaus mit sämtlichen Behandlungen über sich ergehen lassen. Sie hatte neben Bauchschmerzen, Atembeschwerden, einer Zwerchfellreizung und stark vergrößerter Eierstöcke auch einen überdimensionalen Aszites (Wasseransammlung und Spannung im Bauch). Ihre Wasseransammlungen erstreckten sich mehr oder weniger über ihren gesamten Körper (Füße, Unter- & Oberschenkel, Intimbereich, Bauchraum, bis hin zur Lunge). In fünf Tagen hatte sie 9 kg (Wasser)! zugenommen und innerhalb weiterer fünf Tage wiederum 9 kg (Wasser) abgenommen. Es wurden schmerzliche Aszites-Punktionen durchgeführt und es war eine riesige Belastungsprobe für Körper und Psyche. Gott sei Dank unterstützte Max sie 100% und besuchte sie jeden Tag. Auch ihre Eltern und eine Freundin (bei der sie sich im Laufe der letzten Monate ausgeheult und die sie in die Geschichte eingeweiht hatte) besuchten sie und versuchten sie von der Situation so gut es ging abzulenken. Ihre Schwester – die mitbekam, dass irgendetwas nicht stimmte – ließ sich auch nicht länger abwimmeln und besuchte sie ebenfalls. Während ihres Krankenhausaufenthalts korrespondierte sie auch mit dem KiWu-Zentrum. Das Institut teilte ihr (Anfang Mai) mit, dass sich 29 Eizellen befruchten ließen. Gemeinsam mit dem Ärzte-Team beschlossen Ella und Max aufgrund der Überstimulation erstmal keinen Transfer durchzuführen. In der Folge konnten elf Embryonen eingefroren (kryokonserviert) werden. Ella verließ schließlich (Mitte Mai) das Krankenhaus. Natürlich musste sie danach noch einige Röntgen- und Ultraschall-Kontrollen bei diversen Ärzten durchführen lassen. Zwei Tage später trat ein normaler Zyklus ein und sie bekam ihre Periode und der ganze Mist wurde nochmals rausgeschwemmt. Ella und Max wollten nach diesem ganzen Wahnsinn erstmal (Anfang Juni) gemeinsam mit der Familie in den Urlaub fahren. Sie versuchten, das Erlebte zu verarbeiten und sich durch viele Events abzulenken. Ella sollte (Mitte Juni) noch einmal zum Kinderwunsch-Zentrum zur Kontrolle. (Bei dieser Kontrolle wurde festgestellt, dass sie zwar durch die Überstimulation noch immer riesige Eierstöcke hatte, sich diese aber schon wieder auf dem Weg der Rückbildung befanden.) Es sollte noch einmal vor-Ort das weitere Vorgehen besprochen werden. Ella und Max waren sich einig, das Projekt „Baby" nach dieser heftigen Belastung für Körper und Geist „on hold" zu setzen und den Sommer erst einmal zu genießen. Aufgrund dessen, dass ja elf „Eisbären" eingefroren werden konnten, hatten sie wieder einige Möglichkeiten. Ella würde nicht noch einmal durch diese hormonelle Stimulation (Spritzen-Therapie) durchmüssen, da sie ja „Material, mit dem man arbeiten konnte", gewonnen hatten. Ihre Eisbären. Sie wusste auch gar nicht, ob sie das noch einmal durchstehen könnte, aufgrund dessen, dass diese heftige Überstimulation ihre Spuren hinterlassen hatte. So beschlossen sie, das Projekt erst nach dem Sommer wieder aufzunehmen.

Im Sommer (Mitte Juli) machte Ella einen Städtetrip mit ihrer Schwester, bei dem ihr regelmäßig die Puste ausging. Die letzten Wochen kamen ihr komisch vor. Sie war ausgelaugt, matt und nicht sie selbst. Und nachdem sie nie mit Sodbrennen und Erbrechen zu kämpfen hatte und das nun seit ca. 2-3 Wochen nicht mehr wegging, hatte sie wieder so ein Gefühl. Natürlich war es idiotisch, einen Schwangerschaftstest (Ende Juli) zu machen, da die Wahrscheinlichkeit für sie, auf natürlichem Weg schwanger zu werden, nahezu 0 war. Ja, sie hatte seit ca. zwei Monaten keine Periode, aber das war vollkommen normal für sie, da sie ja ständig mit unregelmäßigen Zyklen zu kämpfen hatte. Aufgrund ihrer Abgeschlagenheit und des „komischen Gefühls" vermutete sie, dass sie ev. wieder mit einer Zyste zu kämpfen hatte. Und doch saß sie nun mit einem Schwangerschaftstest im Badezimmer und wartete auf das Ergebnis. Positiv. Nein. Das war nicht möglich! Sie hatte schon einige Schwangerschaftstests gemacht und die waren immer negativ ausgefallen. Aber das war ein dreiviertel Jahr her. Bevor sie den ganzen Zirkus mitmachen musste. Bevor sie wusste, dass das nicht so einfach werden würde. Und dieser war positiv. Das war bestimmt ein Fehler. Sie machte noch einen Test. Wieder positiv. Und noch einen Test. Wieder positiv. Das war nicht möglich. Freude und Aufregung strömten aus jeder Pore. Doch dann nahm die Angst Überhand. Was, wenn es eine Eileiterschwangerschaft war? Da ja ein Eileiter ganz verschlossen und einer schwer durchgängig war, war das gar nicht so unwahrscheinlich. Was sollte sie als Nächstes tun? Was waren die nächsten Schritte? Die Frauenärztin! Natürlich! Und so rief sie bei ihrer Frauenärztin an, um einen Termin auszumachen. Die Dame von der Anmeldung meinte, dass der nächste freie Termin in drei Monaten wäre und so schilderte Ella die komplette Geschichte und die Dringlichkeit ihres Falles. Daraufhin meine die Dame, dass an diesem Tag spontan ein anderer Termin ausgefallen wäre und sie diesen nutzen könnte. Und so machte sich Ella an diesem Vormittag – rund drei Stunden nach den drei Tests – auf zu ihrer Frauenärztin. Dort angekommen wurde auch schon ein Ultraschall durchgeführt und die Ärztin teilte ihr mit, dass sie sich bereits in der SSW 9 (SSW 8 + 5) befand und man den Herzschlag schon sehen und hören konnte. Es musste also bei ihrem letzten Zyklus (Ende Mai/Anfang Juni) eingeschlagen haben! Ella war fertig mit den Nerven. Sie musste weinen. Sie musste lachen. Sie konnte ihr Glück kaum fassen. Die Frauenärztin drückte ihr ein Ultraschallbild mit einem Fötus – so groß wie eine Erdnuss – in die Hand und beglückwünschte sie. Nun stand sie da, nach all dem Scheiß, den Max und sie in den letzten Monaten durchmachen mussten, mit ihrem kleinen Wunder.

Aber wie konnte das sein? Der Körper und die Psyche sind schon zwei eigenartige Dinge mit einem Eigenleben! Ihr Körper brauchte „Starthilfe", so etwas wie einen „Motivationsschub". Durch die Überstimulation wurden sehr viele Eizellen gewonnen, was bedeutete, dass sie sehr oft punktiert und somit ihre riesigen Eierstöcke überproportional oft durchlöchert worden waren. Bei manchen PCO-Patientinnen wird „nur eine Punktion der Eierstöcke" durchgeführt, um die Follikelstimulation anzuregen und genau dies dürfte geschehen sein. Somit wurde Problem 1) die Eizellreifung – durch die Vorkommnisse im Zyklus davor – gelöst. Dadurch, dass sie und Max das Projekt „Baby" erst einmal (über den Sommer) „on hold" setzen wollten und sich somit geistig anderen Dinge widmeten, war auch der Druck „schwanger werden zu müssen" nicht mehr da. Die Gedanken waren frei und sie konzentrierten sich nur auf sich. Wäre noch die Geschichte mit dem a) verschlossenen und dem b) schwer durchgängigen Eileiter. Nun, dazu gibt es nur eines zu sagen: Dieses Kind wollte zu Ella und Max. Dieses Kind war eine Kämpfernatur. Dieses Kind hatte sich unter schwierigsten Bedingungen seinen Weg ins Leben erkämpft. Im Leben gehört auch eine ganze Menge an Glück dazu! Denn dass Ella und Max gleich im nächsten Zyklus zur richtigen Zeit – unwissend im Hinblick auf die beschriebenen Parameter – ihre Liebe auslebten, musste ja auch nicht sein. Viele kleine Faktoren bestimmen unser Leben. Nur eine kleine Entscheidung anders zu treffen, nur einmal an einer Weggabelung im Leben rechts statt links abzubiegen kann unser Leben grundlegend verändern! Ella wusste, wie unglaublich selten dieses Geschenk war. Schließlich war es wahrscheinlicher im Lotto zu gewinnen! Aber das hatte sie doch eigentlich, oder?

Was würde sie als Nächstes tun? Sie musste es Max sagen! Aber nicht am Telefon. Und natürlich musste er genau an diesem Tag später nach Hause kommen. Das verschaffte ihr zumindest Zeit, um die Situation selbst etwas zu verdauen und ein paar Besorgungen zu machen. Sie packte das Ultraschallbild, die drei Schwangerschaftstests, ein Buch zum Thema „Vaterschaft" sowie eine Karte, auf der sie den Tagesablauf (vom „komischen Gefühl", über die Schwangerschaftstest bis zum Frauenarztbesuch) beschrieb, in eine Box und überreichte sie Max am Abend mit den Worten: „Danke, dass du es mit mir aushältst und als kleines Dankeschön, dass du alles mit mir durchmachst, habe ich hier eine Kleinigkeit für dich." „Aber das ist doch selbstverständlich. Du brauchst mir nichts schenken", sagte er. „Gar nichts ist selbstverständlich!" Nachdem er die Box geöffnet hatte, war er etwas überfordert mit dem Inhalt. Beim Lesen der Karte machte er ein Pokerface. Als er zu den Schwangerschaftstests kam, sagte er: „Damit kenne ich mich nicht aus." Sie lachte und meinte nur: „Ich erkläre es dir. Das sind drei verschiedene Schwangerschaftstests und alle sind positiv." Er wusste nicht, was er sagen sollte. Und zur Untermalung ihres Statements fischte Ella schließlich das Ultraschallbild heraus und sagte: „Das ist heute alles Schlag auf Schlag passiert. Ich habe erfahren, dass ich schwanger bin. Was unglaublich ist! Habe die Tests gemacht und am gleichen Tag bereits den Herzschlag gesehen und ein Ultraschallbild von unserer Erdnuss erhalten. Was sagst du?" Max konnte gar nichts sagen. Er nahm Ella nur in den Arm und drückte sie fest. Er musste das alles erst einmal verarbeiten.

Ella war klar, dass sie auch das KiWu-Zentrum informieren musste. So rief sie dort an und verlangte die Biologin des Zentrums. Sie erzählte ihr von den Geschehnissen und dass sie im Moment wohl die Dienste des Zentrums nicht mehr benötigen würden. Diese konnte die ganze Geschichte nicht fassen und freute sich wahnsinnig für Ella. Allerdings fixierte sie noch einen Termin, um einen Kontrollultraschall durchzuführen sowie die weiteren Schritte zu besprechen. Dort angekommen überzeugten sich der Arzt und die Biologin via Ultraschall von der Situation und sie trauten ihren Augen nicht. Ella und Max verblieben mit der Klinik so, dass sie ihr Glück jetzt in vollen Zügen genießen und ihre „Eisbären" (kryokonservierte Embryonen) natürlich behalten wollten. Schließlich weiß man nie, was die Zukunft bringt und ihnen war klar, dass die Wahrscheinlichkeit noch so einen Lottosechser zu machen, nahezu 0 war. Des Weiteren wollten sie sich die Möglichkeit offenhalten, ev. in ein paar Jahren ein zweites Kind zu bekommen. Und da Ella die Tortur der ersten IVF-Behandlung (die ja in einer überdimensionalen Überstimulation geendet war) nicht noch einmal über sich ergehen lassen konnte oder wollte, waren sie sehr dankbar über ihre „Eisbären". Der Arzt wünschte ihnen alles Gute und meinte scherzhaft: „Sie könnten ja für unsere Klinik Werbung machen, indem Sie erzählen, dass man hier auch ohne Behandlung schwanger wird!"

Ella zu Max: „Und wem sagen wir es jetzt?" Max: „Wir sagen es noch gar niemandem." „Ich bin im dritten Monat und soll nicht schwer heben. Ich will nichts riskieren und würde es gerne unseren Eltern und Geschwistern erzählen", meinte Ella (im August). „In Ordnung, aber nur denen. Für den Anfang." Und so besorgte Ella kleine Büchlein in doppelter Ausführung, auf denen so etwas wie „Juhu, du wirst Opa!" und „Hurra, du wirst Oma!" bzw. „Jippie, du wirst Tante!" stand. Da Ellas Eltern und Schwester ja im Laufe der letzten Monate in die Vorgeschichte und Prozeduren eingeweiht worden waren, wussten sie auch, dass es mit dem „schwanger werden" nicht so einfach war. Als sie dann gemeinsam in der Küche saßen, überreichte Ella jedem ein kleines, verpacktes Geschenk mit den Worten: „Bitte gleichzeitig öffnen!" Ellas Eltern öffneten die Verpackung und starrten die kleinen Bücher an. Sie wussten nicht, wie sie regieren sollten. Der erste Ausspruch war: „Aber wann hast du das machen lassen? Du bist doch gerade noch im Krankenhaus gelegen!" „Gar nicht. Es ist einfach passiert." Und so berichtete Ella über die Vorkommnisse nach dem Krankenhausaufenthalt. Alle freuten sich unglaublich und es flossen Tränen. Tränen der Erleichterung und des Glücks.

Ella und Max wollten es auch Max' Eltern sagen und überreichten ihnen ebenfalls die Bücher als Geschenk. Die flogen aus allen Wolken, da sie a) die Vorgeschichte der beiden ja nicht kannten und b) nicht wussten, dass Ella und Max überhaupt so bald Kinder haben wollten, aber sie freuten sich riesig. Etwas später informierte Ella auch ihre Freundin mit den Worten: „Ich habe im Lotto gewonnen, aber kein Geld", über die Tatsache, dass sie schwanger war. Nach den „kritischen drei Monaten" informierte sie auch ihren Arbeitgeber über die aktuelle Situation. Nach und nach (zwischen September und Dezember) erfuhren sämtliche Freunde, Verwandte, Bekannte etc. davon, dass sie schwanger war und freuten sich mit den beiden.

Von der bestätigten Diagnose „PCO" (im Dezember des 1.Jahres), über die Feststellung der verschlossenen bzw. beschädigten Eileiter sowie sämtlichen Szenarien und Versuchen, bis hin zum Eintritt einer „natürlichen" Schwangerschaft (Ende Mai/Anfang Juni des 2. Jahres) war gerade einmal ein halbes Jahr vergangen. Na, wenn man da nicht von einem Wunder sprechen kann, weiß ich es auch nicht!

Natürlich machten sie sich weiterhin Gedanken und hofften, dass alles in Ordnung war. Sie ließen sämtliche Untersuchungen (Mutter-Kind-Pass-Untersuchungen, Pränataldiagnostik etc.) durchführen und besuchten einige Vorbereitungskurse (Hebammengespräche, Gymnastik, etc.).

Die Geburt naht ... (Ende Februar)

Seit ein paar Tagen hatte Ella schon so ein Gefühl, dass es bald losgehen könnte. Sie hatte immer häufiger Kontraktionen. Übungswehen kannte sie ja bereits seit der SSW 25, aber diese unterschieden sich etwas davon – ev. handelte es sich um Senkwehen. Sie wusste nicht, ob es sich um Ausfluss handelte oder ob die Fruchtblase geplatzt war und das Fruchtwasser tröpfchenweise austrat. In der Nacht vom 23. auf den 24. Februar ging dann auch noch der Schleimpfropf ab und so beschloss Ella, dass Max sie am Morgen ins Krankenhaus fahren sollte. „Besser zu früh, als zu spät!", dachte sie! Schlimmstenfalls würden sie die Ärzte wieder nach Hause schicken. Vor Ort wurden einige Untersuchungen (CTG, vaginale Untersuchung, Blut- & Harnabnahme) durchgeführt. Den ganzen Tag über wurden Untersuchungen gemacht. Die Ärzte überlegten, sie wieder nach Hause zu schicken, aber eine Hebamme meinte, dass sie kein gutes Gefühl hätte, wenn sie nach Hause gehen würde und sie wollte sie über Nacht im Krankenhaus behalten. Da Ella bereits ihre Kliniktasche im Schlepptau hatte, hatte sie nichts dagegen. Max fuhr in der Nacht mit dem Vorsatz nach Hause, zwar am Morgen in die Arbeit fahren zu wollen, aber sofort wieder im Spital zu sein, wenn Ella ihn anrief. In der Nacht wurden die Kontraktionen stärker und es begannen in den Morgenstunden bereits die „echten Wehen", die eine Geburt auslösten. Fruchtwasser trat auch schleichend aus und so informierte Ella Max, dass es losgehen würde und er sofort ins Krankenhaus kommen sollte. Und so standen sie nun beide im Kreißsaal, gemeinsam mit der Hebamme, und atmeten Ellas Wehen weg. Die Schmerzen wurden bald unerträglich und Ella verlangte nach einer PDA.

Zusammenfassung der Recherchen (vgl. Traute, 2019/ vgl. Brander & Beinder, 2007):

*Die **Periduralanästhesie (PDA)**, im Österreichischen auch Kreuzstich, ist eine Form der (rückenmarksnahen) Regionalanästhesie. Sie dient der Schmerzausschaltung bei vielen Operationen (bauchchirurgischen, orthopädischen, gynäkologischen oder urologischen Eingriffen). Bei diesem Verfahren wird ein örtliches Betäubungsmittel in den Bindegewebsraum, der das Rückenmark umgibt, gespritzt. Das Betäubungsmittel wird über einen Katheter, einen dünnen Kunststoffschlauch, der über eine Hohlnadel in den Periduralraum vorgeschoben wird, zugeführt. Der Katheter bleibt bis nach der Entbindung liegen, sodass bei Bedarf eine laufende Zufuhr des Betäubungsmittels möglich ist. Dies führt zu einer temporären Empfindungslosigkeit, Schmerzfreiheit und Hemmung der aktiven Beweglichkeit im zugehörigen Körperabschnitt und ermöglicht eine weniger schmerzhafte Entbindung.*

Als der Muttermund bereits vier Zentimeter geöffnet war und die Anästhesisten endlich kamen, sackten plötzlich die Herztöne des Kindes rapide ab und es musste alles ganz schnell gehen! Ella wurde ein Wehen hemmendes Mittel gespritzt und sie bekam so etwas wie Schüttelfrost. Es schüttelte sie ganz schön durch. Alle waren plötzlich irrsinnig nervös. Ärzte, Krankenschwestern, Anästhesisten und die Hebamme rannten wie aufgescheuchte Hühner durch die Flure. Vor lauter Stress fuhren sie mit dem Krankenbett – auf dem Ella zitternd lag – auch noch bei drei Durchgangstüren an. Dann mussten sie auch noch ewig auf den Lift warten. Ein paar Minuten kamen ihr wie Stunden vor. Endlich im richtigen Stockwerk angekommen, fuhren sie direkt in den Operationssaal. Ella faselte nur etwas von: „Narkose. Bitte gebt mir den Holzhammer." Aber die Narkose – Vollnarkose – wird bei einem Notfallkaiserschnitt erst ganz zum Schluss gegeben, damit das Baby möglichst wenig bis gar nichts davon abbekommt. Deshalb gaben sie ihr zuerst über eine Maske reichlich Sauerstoff. Leider wurde ihr auch ein Katheder unten reingeschoben, bevor sie noch eine Narkose bekam, was normalerweise nicht der

Fall sein dürfte! Und dann… Blackout! Schwarz. Und sie wurde erst ca. zwei Stunden später wieder wach, in einem großen Aufwachraum. Sie war noch leicht benebelt und wusste nicht, wie ihr geschah! Was war mit ihrem Kind? Wo war ihr Mann? Also begann sie, nach den beiden zu fragen. Man sagte ihr, dass ihr Kind – ein gesundes Mädchen – bei ihrem Mann wäre und sie verständigt werden würden, um gleich zu ihr gebracht zu werden. Max kam mit dem Mädchen im Arm zu ihr und alle wurden gemeinsam wieder in den Kreissaal zum Kennenlernen und Bonding gebracht. Ella befand sich immer noch in einer Art Nebel und bekam alles noch nicht zu 100% mit, aber sie war auch in einer Art Rausch, da sie nun Mutter war und mit so einem kleinen Wesen kuscheln konnte! Max teilte Ella von seinen Sorgen und seiner Hilflosigkeit während der Geburt mit und dass er die Kleine gehalten hatte, als es Ella nicht konnte. Dann wurden die Familien mit Telefonanrufen, SMS und WhatsApp-Nachrichten informiert. Ella, Max und ihr kleiner Sonnenschein übersiedelten in ein Krankenzimmer und verbrachten die nächsten Stunden damit, einander kennenzulernen, bis ihre Familien eintrafen.

… und so bekam Ella in der SSW 39+2 ihr kleines, unverhofftes Wunder!

Der Notkaiserschnitt war eine ziemliche körperliche Zumutung! Eine 17,5 cm lange Narbe und Ella durfte nicht schwer heben. Nun wusste sie auch, warum die Wochen nach der Geburt „Wochenbett" hießen! Man blutet 3-4 Wochen nach der Geburt noch immer („Wochenfluss"). Das ist wie eine verstärkte, lang andauernde Regelblutung. Die Narbe musste erst verheilen. Da außen und innen (an der Gebärmutter) je eine Narbe waren und das ganze Gewebe sich erst zurückbilden musste, sollte man sich schonen. Dazu kam, dass Ella auch noch eine Blasenentzündung bekam, die ca. drei Wochen andauerte! Sie sollte nicht schwer heben, aber ihr Kind hatte rund 3 kg – Tendenz steigend ...

Wie sollte sie sich schonen, wenn sie 24 Stunden – sieben Tage die Woche für ein kleines Wesen verantwortlich war, das sie brauchte? Sie musste erst ihr Kind kennenlernen, sich mit der neuen Situation vertraut machen und viele neue Dinge erlernen. Doch das Schlimmste am Ganzen war der Schlafmangel! Was übrigens eine anerkannte Foltermethode ist! Schlaf bestand in den darauffolgenden Wochen aus jeweils ein bis zwei Stunden-Etappen ...

Nach rund acht Wochen konnte man sagen, dass sich der Körper allmählich erholte. Der Wochenfluss versiegte. Die Gebärmutter hatte sich zurückgebildet. Die Narben verheilten (auch Dank Cranio-Sakral-Therapie, Laser-Therapie, Narbenentstörung) relativ gut. Ella und ihr Kind lernten sich Tag für Tag besser kennen. Schließlich fühlte sie sich körperlich so fit, dass sie bereits nach acht Wochen wieder mit dem Zumba begann.

Der Schlafmangel hielt – rund drei Monate nach der Geburt – noch immer an (das Maximum waren ca. drei Stunden am Stück). Allerdings waren Ella und Max so glücklich wie nie zuvor! Wer hätte ein Jahr zuvor – nach diesen Diagnosen und Erlebnissen – gedacht, dass sie heute das Leben zu dritt – gemeinsam mit ihrem ganz persönlichen, ganz besonderen Wunder – bestreiten können?

TEIL II

Die Reise geht weiter!
Ob uns alle Destinationen gefallen, sei
dahingestellt ...

„Das Leben ist zu 10 %, was dir passiert und zu
90 %, wie du darauf reagierst!"
(Charles R. Swindoll)

Wenn Dinge passieren, mit denen man innerlich schon irgendwie gerechnet hat, sie aber nicht unbedingt wahrhaben möchte, tritt eine ganze Palette an Emotionen zutage ...

Überraschung.
Schock.
Verdrängung.
Sorge.
Angst.
Überforderung.
Resignation.
Akzeptanz.

Wie reagiert man, wenn das ersehnte Wunder nicht eintritt?
Man mischt neu, verteilt die Karten wieder und lässt alles auf sich zukommen!
Denn was ist die Alternative? Das Spiel abzubrechen? Aufzugeben?

Knapp sieben Monate nach der Geburt von Ellas und Max' Wunder stillte Ella (im September) ab und Max konnte seine ersten Flascherl-Test-Versuche starten. Die Stillerei ist auch gewiss ein Thema für sich, zu dem natürlich jeder seine ganz eigene Meinung hat und das ist auch vollkommen legitim! Ella wollte immer stillen und hatte es sich für ca. sechs Monate vorgenommen. Es wäre gut für das Kind. Muttermilch sei das Beste für die Entwicklung, hatten sie gesagt und für die Mutter-Kind-Beziehung. Allerdings dauerte es sechs Tage bis nach der Geburt, bis Ella endlich Milch bekam. Zuerst hatte sie sich natürlich Gedanken gemacht und reingesteigert, aber sie akzeptierte den Gedanken, dass wenn es denn so sein sollte, dass sie keine Milch geben könnte, das Kind wohl auch mit einem Fläschchen groß würde. Daraufhin begann die „Milchproduktion" fast automatisch. Es gab auch einige ups & downs, aber im Großen und Ganzen klappte es nach einigen Abpumpversuchen (die relativ schnell wieder aufgegeben wurden) und einigen Fast-Milch-Staus sowie einer Soor-Infektion recht gut. Nach sechs Monaten hatte das kleine Wunder keine Anstalten gemacht, jemals damit aufhören zu wollen, gestillt zu werden, obwohl die ersten Breimahlzeiten bereits mit 4,5 Monaten genüsslich probiert und verspeist wurden. Doch dann ging es nach ca. sieben Monaten relativ schnell und das Kind, das kein Fläschchen akzeptierte, war plötzlich begeistert davon. Jedes Kind ist anders. Jede Mutter ist anders. Jede Mutter-Kind-Beziehung ist individuell und kann von keinem anderen beurteilt oder nachvollzogen werden, da ja niemand anderer Teil davon ist! Daher würde sich Ella auch niemals eine Meinung zur Stillbeziehung zweier Individuen anmaßen. Die eine stillt gar nicht, weil sie nicht kann oder nicht will, die nächste 3-8 Monate, die andere 2-3 Jahre. Deren Sache! Manche behaupten, dass man, solange man stillt, nicht schwanger werden kann.

Natürlich ist uns klar, dass dies Unsinn ist! Genauso gut könnte man behaupten, dass man nach dem ersten Mal Geschlechtsverkehr nicht schwanger werden kann! Gut, auf manche (wie z. B. Ella mit ihrer Vorgeschichte) mag das zutreffen, aber das wusste sie ja auch nicht. In Wahrheit sind diese Aussagen nichts anderes als Wahrscheinlichkeitsrechnungen und Schicksale von Individuen. Daher hatten sich Ella und Max auch gegen Verhütung nach der Schwangerschaft entschieden, da die Wahrscheinlichkeit einer erneuten Schwangerschaft und das auch noch auf „natürlichem" Weg nahezu „0" war und sollte es dennoch passieren, dann sollte es ebenso sein. Außerdem wollte Ella dem Kind, dadurch, dass sie ja noch stillte, nicht zusätzliche Hormone (z. B. durch die Pille) verpassen.

Nach rund sieben Monaten stillte Ella schließlich ab und einige Wochen später (im Oktober) begann sie wieder mit der Pilleneinnahme, um ihren Hormonhaushalt zu stabilisieren und um die ganzen „Nebenwirkungen" ihrer PCO-Erkrankung in Schach zu halten.

Anfang Dezember gab es dann die nächste Überraschung. Ella blutete. Drei Wochen lang! Während der Einnahme der Pille! Das war selbst für Ella neu! Neben extremen Krämpfen und sonstigem Unwohlsein eine ziemliche Belastung. Daher suchte sie wieder Ärzte auf! Drei Frauenärzte, davon einen Spezialisten für PCO und Endometriose. Sie wollte das abklären und behandeln lassen. Im Endeffekt erklärte ihr mehr oder weniger jeder Arzt etwas anderes ...

Der eine sprach von einem Myom.

Zusammenfassung der Recherchen (vgl. IQWiG, 2021):

*Ein **Myom** stellt eine Wucherung, die in der Muskelschicht der Gebärmutter auftritt, dar. Es ist eine Art gutartiger Tumor, der sich aus*

Muskelzellen enzwickelt und im Großen und Ganzen zwar nicht gefährlich ist, allerdings u. a. unangenehme Beschwerden mit sich bringen kann. Etwa jede zweite bis fünfte Frau im gebärfähigen Alter ist in Europa davon betroffen. Darüber hinaus gibt es unterschiedliche Arten von Myomen:
- *„submukös"*: wächst direkt unter der Gebärmutterschleimhaut
- *„intramural"*: wächst inmitten der Muskelschicht der Gebärmutter
- *„subserös"*: wächst auf der Gebärmutteraußenseite unter dem Bauchfell
- *„intrazervikal"*: wächst in den Muskelschichten um den Gebärmutterhals
- *„intraligamentär"*: wächst in den Bindegewebsschichten seitlich der Gebärmutter
- *„gestielt intrakavitär"*: ragt ins Innere der Gebärmutter hinein

Der andere untersuchte sie auf eine mögliche Endometriose. Er konnte diese zwar ausschließen, meinte allerdings, dass es dennoch kleine Narben und Verwachsungen gebe und diese ev. auch durch die Geburt entstanden sein könnten.

Zusammenfassung der Recherchen (vgl. Krell, 2021/Feichter, 2022):

Endometriose ist, wenn sich Gebärmutterschleimhautartige Zellen außerhalb der Gebärmutterhöhle ansiedeln. Es wachsen Zysten und es können sich Entzündungen an Eierstöcken, Darm oder Bauchfell entwickeln (im schlimmsten Fall auch außerhalb des Bauchraums – z. B. in der Lunge etc.). Diese Unterleibserkrankung betrifft in der Regel geschlechtsreife Frauen. Die Symptome können sich von starken Unterleibs- bzw. Menstruationsbeschwerden, Schmerzen beim Wasserlassen oder Geschlechtsverkehr sowie bis hin zur Unfruchtbarkeit erstrecken, was wiederum eine Belastung für die Psyche darstellen kann. Entsprechende Medikamente, Akupunktur und Co können der Behandlung dienen. Auch ev. Operationen können eine Notwendigkeit darstellen. Meist ist der Verlauf individuell und nicht vorhersagbar.

Ihre Frauenärztin meinte, dass es sein kann, dass sie die Pille nicht mehr vertragen würde, da sich der Hormonhaushalt bei vielen Frauen nach einer Geburt verändern würde (mal ganz abgesehen von ihrem persönlichen, etwas gestörten Hormonhaushalt) und die Pille, die sie immer genommen hatte, plötzlich zu schwach wäre. Nun, so war es schließlich auch und sie ließ sich eine andere Pille verschreiben.

Einige Monate später (Ende April) entschieden sich Ella und Max dazu, den nächsten Schritt zu wagen und im KiWu-Zentrum einen Termin zu machen. Beiden war klar, dass es kein leichter Weg zu ihrem potentiell zweiten Wunder werden würde! Und so begann die Reise von Neuem!
Viele Fehlschläge, aber auch ein riesiger Erfolg in der Vergangenheit hatten Ella und Max näher zusammengeschweißt und ihnen einiges mit auf den Weg gegeben. Getreu dem Motto: „Wer nicht wagt, der nicht gewinnt!" und „Wer sich kein Los kauft, der kann auch nicht im Lotto gewinnen!", denn „Man muss schon auch etwas für seinen Erfolg tun!" Natürlich ist das keine Erfolgsgarantie, aber wenn sie es nicht versuchen würden, dann würden sie es bereuen! Denn schließlich waren da noch elf Eisbären, die auf sie warteten! Nach dieser ganzen Odyssee war ihnen klar, dass sie den Wahnsinn eines kompletten IVF-Aufbau-Zyklus' nicht mehr machen wollten bzw. schaffen konnten! Die physischen und psychischen Belastungen waren zu groß! Aber sie hatten „Material", mit dem man „arbeiten" konnte. Es war ihnen klar, dass es nicht einfach werden und bestimmt nicht beim „ersten" Versuch klappen würde, daher wollten sie die Reise gleich beginnen. Sie waren bereit. Denn sie wussten auch, dass es Monate, vielleicht sogar Jahre dauern könnte!

Zuerst musste sich der – durch die Pille wieder beeinflusste – Hormonhaushalt etwas „normalisieren" (zwar nicht normal für Ella, da sie ja keinen geregelten Zyklus hatte, aber die Pille musste weg). Daher hatte Ella erst einmal wieder einen „normalen Zyklus" zu absolvieren, bevor sie mit der Behandlung starten konnte.

Am ersten Juni war es dann wieder soweit und es ging in die nächste Runde! Am ersten Tag ihrer Periode startete sie wieder mit der Medikamenteneinnahme, um ihren Körper auf eine „potentielle" (und ich schreibe hier bewusst „potentielle") Einnistung vorzubereiten! Das bedeutet, dass der Körper wieder mit Hormonen vollgepumpt wird. Allerdings ist ein „Kryo-Transfer" ein Spaziergang im Gegensatz zu einem „Embryo-Transfer direkt nach einer IVF-Spritzenbehandlung" (der mehr einem Marathon gleicht)! Doch auch hier dürfen die Auswirkungen auf den Körper und die Psyche nicht kleingeredet werden!

Nach drei Wochen der Medikamenteneinnahme und einer Spritze (Einer!!! Halleluja, welch Luxus nach dem Spritzen-Wahnsinn beim ersten Mal!), die den Eisprung auslösen sollte, fand dann der Embryo-Transfer statt. Ella und Max hatten sich für einen Embryo entschieden, da es schließlich ihr erster Versuch war und somit die Wahrscheinlichkeit einer Mehrlingsschwangerschaft reduziert wurde. Ella wurde eine wunderschöne Blastozyste transferiert und danach begann das Bangen und Warten. Zwei Wochen lang, bis zum Schwangerschaftstest. Glücklicherweise hatten Ella und Max sehr viel mit Kind, Beziehung, Haus und Arbeit zu tun und so fehlte ihnen mehr oder weniger die Zeit, sich verrückt zu machen.

Zusammenfassung der Recherchen (vgl. Neuwinger, Munzer-Neuwinger & Licht, 2022/vgl. TFP, 2021):

Das Stadium einer befruchteten Eizelle am 5. Tag nach der Befruchtung wird als **Blastozyste** *bezeichnet.*
1) *Am ersten Tag nach der Befruchtung einer Eizelle durch ein Spermium spricht man von einer „Pronukleuszelle".*
2) *Am zweiten Tag teilen sich bereits die embryonalen Zellen und der Embryo befindet sich einem „2-4-Zell-Stadium" (nach ca. 30 Std. das 2-Zellstadium, nach 40 das 4-Zellstadium).*

3) *Am dritten Tag kann man bereits von einem „8-10-Zell-Embryo"
sprechen.*
4) *Am vierten Tag der Embryonalentwicklung spricht man von einer
„Morula".*
5) *Am fünften Tag entwickelt sich Flüssigkeit im Inneren des Embryos.
Ab sofort spricht man vom „Blastozystenstadium". Erst ab diesem
Entwicklungsstadium kann man zwischen optimalen (entwicklungs-
fähigen) Embryonen und suboptimalen unterscheiden. Viele Kin-
derwunschzentren empfehlen daher den Transfer von Embryonen im
Blastozystenstadium.*

Zwei Wochen später (Anfang Juli) kam dann der ersehnte Morgen und Ella machte einen Test. Negativ. Zur Sicherheit machte sie noch einen Test. Negativ.

Viele Gedanken. Viele davon, die man nicht benennen kann und benennen möchte.
Wut? Nein. Eher Ernüchterung. Sie wussten doch, dass es nicht einfach werden würde. Dennoch. Da ist immer diese kleine Stimme, die einen fragt: „Was wäre, wenn?" Ja, was wäre? Es wäre anders! Nun ist es so und man muss lernen, damit umzugehen. Versuchen, es zu verarbeiten und weiterzumachen. Denn eines hatten die beiden gewiss gelernt, es geht weiter.
Auf die eine oder andere Art. Mit oder ohne etwas oder jemanden.

Mal sehen, wohin die Reise geht!

Wenn unvorhergesehene Dinge passieren, dann kursiert oft ein einfaches Wort in den Köpfen der Menschen: „Warum?"

Warum ...
... ist das so?
... ist das passiert?
... ist das mir passiert?
... musste das so kommen?
... ist alles so kompliziert?
... geht es nicht einfacher?
... muss man das durchmachen?

Nach dem Schock und dem Erstaunen driftet man oft in die Phase des Hinterfragens „Wie?" ab.

Wie ...
... ist das passiert?
... konnte das passieren?
... ist die aktuelle Lage, die momentane Situation?
... hätte das verhindert werden können?
... kann man etwas (wirklich) steuern, das man eigentlich nicht steuern kann?
... kann man etwas in Zukunft vermeiden?
... kann man etwas besser machen?

Nach dem Hinterfragen folgt die Aktion „Was?" oder das weitere Vorgehen.

Was …
… kann man da machen?
… macht man jetzt?
… lässt man ruhen?
… verfolgt man in welchem Rahmen weiter?
… ist zu tun?
… bleibt uns übrig?

WOMIT muss man sich abfinden und WOMIT nicht?

Wie das Leben spielt ...

„Am Ende wird alles gut. Und wenn es noch
nicht gut ist, ist es noch nicht das Ende."
(Fernando Sabino)

Das Leben spielt ohne Regeln oder besser gesagt: nach seinen eigenen Regeln. Man kann noch so viele Pläne haben – sie alle können binnen Sekunden an Bedeutung verlieren!
Wenn du glaubst, etwas zu wissen, dann sei dir sicher, das Einzige, das du sicher weißt, ist nichts mit Sicherheit zu wissen. Es gibt zwar eine sogenannte „Lebensversicherung", aber keine Versicherung für dein Leben! Niemand kann einem die Richtung oder den Ausgang mit Gewissheit vorhersagen und bestätigen.

Vieles, das man gelernt hat und glaubt zu wissen, lässt sich nach bestimmten Ereignissen überdenken. Die Erfahrung lehrt uns. Lässt uns lernen. Lernen an Herausforderungen. Lernen zu wachsen. Meist sogar über uns hinaus. Wann lernt man etwas? Nicht, wenn immer alles glatt läuft. Der Mensch lernt erst, wenn er den Karren in den Dreck gefahren hat; wenn er an einer Weggabelung falsch abgebogen ist; wenn er eine draufbekommen hat; wenn er (auch oft unverschuldet) am Boden liegt.

Die Kunst des Lebens ist, immer einmal mehr aufzustehen als umzufallen. Wenn auch viele (darunter auch ich selbst) oft behaupten, dass sie keine Geduld hätten, so kann mir niemand das immense Ausmaß an Ausdauer, das ich teilweise auf meinem Weg bereits aufgebracht habe, absprechen.

Die vielen metaphorischen „G'nackwatsch'n" haben zwar physisch und psychisch ihre Nachwirkungen und Narben hinterlassen, aber Körper und Geist sind oft zu Außergewöhnlichen im Stande! Ob sich alles ausgezahlt hat, werden wir wohl erst am Ende dieser Reise, die sich Leben nennt, wissen. Dass es sich lohnt, für bestimmte Dinge zu kämpfen, kann ich aber heute schon sagen!
(Alis Gaba, 2020)

Das Leben ist gepflastert mit Kreuzungen, Weggabelungen und Richtungspfeilen!

In welche Richtung wir wann gehen, entscheiden wir selbst. Ev. werden wir des Öfteren durch einige Umstände (wie Lebensumstände, Familie, Freunde, Grundeinstellungen, spezielle Situationen etc.) beeinflusst, aber im Grunde wählen wir den Weg. Die Wegbegleiter können wir uns nicht immer aussuchen und die Dauer des Weges ist auch abhängig von vielen Faktoren. Aber wie wir den Weg bestreiten, entscheiden wir selbst.

Ella ist sich dessen bewusst und steht – wie so oft in ihrem Leben – wieder einmal an einer Weggabelung. Sie hinterfragt viele Dinge sowie deren Sinn und Bedeutung. Sie weiß, dass einige Dinge durchaus Sinn machen, andere hingegen sinnlos erscheinen! Warum Dinge im Jetzt markerschütternd erscheinen, aber auf die gesamte Lebenszeit eine – zwar schmerzhafte – allerdings kurze und nicht lebenslang belastende Angelegenheit sind oder waren. Manche Dinge sind hart; sind schwierig zu verkraften. Andere sind ein kurzer Stich, eine relativ kleine Belastung in Relation zum Gesamtbild. Allerdings sind viele kleine Dinge auch die Summe eines großen Ganzen und können – wenn sie überproportional in Relation zum Gesamtbild ansteigen – auch zur ziemlichen Zerreißprobe werden!

Ella und Max waren sich einig. Sie wollten den Sommer genießen, sich gedanklich von Stress und Druck befreien und die nächsten Entwicklungsschritte ihres kleinen Sonnenscheins Josie aktiv begleiten.

Einige Monate später (im September) entschieden sich Ella und Max dazu, einen neuen Versuch zu wagen. Sie hatten bereits alle notwendigen Medikamente (vom letzten Abschlussgespräch mit dem KiWu-Zentrum im Juli) zu Hause und konnten somit mit dem nächsten Zyklus starten. Es erfolgte ein Ultraschalltermin am 10. Zyklustag und der „Kryo-Transfer" am 20. Zyklustag. Es konnten zwei wunderschöne Eisbären (Blastozysten) aufgetaut und transferiert werden. Nun hieß es wieder warten! Zwei Wochen bis zum nächsten Schwangerschaftstest …

Nach diesem Transfer war sie positiv gestimmt. Generell zufriedener mit der Situation und mit dem Zeitpunkt. Sie war entspannter, ging es nicht mehr so krampfhaft an und war innerlich eigentlich bereit dafür.

Am dritten Tag nach dem Kryo-Transfer hatte Ella plötzlich einige bräunliche Tropfen im Urin. Nicht viel und nicht schlimm, aber es kam ihr komisch vor. Am 10. Tag nach dem Transfer hatte sie in der Nacht plötzlich eine Mischung aus leicht weißbräunlichem Ausfluss und Schmierblutungen. Zu diesem Zeitpunkt überkam sie ein eher ungutes Gefühl. Es nagte der Gedanke im Hinterkopf, dass es vielleicht wieder nicht geklappt haben könnte. Darüber hinaus hatte sie innerhalb dieser zwei Wochen teilweise immer wieder ziemlich heftige Unterleibsschmerzen, Krämpfe, ein Stechen und Ziehen im Unterleib und im Rücken. Diese zwei Wochen vom Transfer bis zum Schwangerschaftstest waren die reinste Berg- und Talfahrt. Man kann eigentlich gar nichts sagen und es nicht wirklich beeinflussen. Entweder es hat geklappt oder eben nicht. Manche haben ein sehr gutes Gefühl und es hat dann nicht funktioniert und manche haben ein schlechtes Gefühl und nach 14 Tagen wird ihnen angezeigt, dass sie schwanger sind. Jeder hat andere Symptome bzw. deutet Zeichen anders. Am Ende der zwei Wochen kann und wird allerdings nur ein Test Gewissheit schaffen!

Tag des Tests

Es ist ca. 04.30 Uhr. Ella wird durch ein Räuspern aus dem Lautsprecher des Babyphones wach. Die Krämpfe sind noch da, mit denen sie vor ca. 4,5 Std. eingeschlafen ist. Hinzu kommt ein

ziemlicher Harndrang. Ok. Es ist so weit. Ella nimmt den HCG-Test, den sie von dem KiWu-Zentrum mitbekommen hat, aus der Verpackung und führt ihn durch. Zusätzlich macht sie noch einen weiteren Test. Normalerweise dauert es ein paar Minuten, bis ein Ergebnis erscheint. Ein enttäuschend-negatives Ergebnis. Aber nicht heute. Beide Tests werden innerhalb kürzester Zeit „positiv". Ella ist geschockt. Natürlich freut sie sich. Aber die Freude ist dennoch noch etwas verhalten, da sie sich in einem so frühen Stadium befindet und es noch so viele Dinge abzuklären gilt.
Wartet.
Moment.
Ella ist SCHWANGER!!! *juhu*

Ca. eine Woche nach dem positiven Schwangerschaftstest hatte Ella einen Termin beim Urologen. Was gar nicht schlecht war, da plötzlich wieder bräunlicher Ausfluss auftrat und so könnte man das gleich abklären lassen. Zusätzlich rief sie auch bei dem KiWu-Zentrum an und vereinbarte einen Termin für den nächsten Tag, um die Sache kontrollieren zu lassen. Die Überweisung zum Urologen hatte sie schon vor über einem Monat im Rahmen einer Gesundenuntersuchung beim Hausarzt bekommen, da sie über einige Jahre immer wieder an Blasenentzündungen litt und der Harndrang in den letzten Monaten auch wieder verstärkt auftrat. Die Urologin nahm eine Urinprobe und machte einen Ultraschall, dabei stellte sie fest, dass die Blase zwar voll war (was sie ständig war), aber ok aussah und sie konnte eine Fruchthöhle – eigentlich zwei schwarze Punkte – erkennen. Sie meinte, dass es in Ellas „momentaner Situation" schwierig wäre, die Blasengeschichte intensiv zu behandeln und wünschte ihr für den Moment alles Gute.

Am nächsten Tag stellte der Arzt in dem KiWu-Zentrum fest, dass es eine Fruchthöhle – wohlbemerkt IN der Gebärmutter (da wo sie hingehört) – gebe und die Anlagen für ein Kind vorhanden wären. Mehr könnte man darüber zum momentanen Zeitpunkt (SSW5+5) nicht sagen. Allerdings fand er auch heraus, dass sich ein (nicht ganz kleines) Hämatom in der Gebärmutter befand und dies auch Blutungen verursachen konnte. Bewaffnet mit neuen Medikamenten und einem Termin für die nächste Woche fuhr Ella wieder nach Hause.

Am Sonntag-Morgen (SSW6+0) hatte Ella ziemliche Krämpfe und ein komisches Gefühl. Als sie zur Toilette eilte, schoss auch schon Blut heraus. Rot. Viel. Fließend. Leicht in Panik rief sie nach Max, versuchte kurz, die Situation zu sortieren und beschloss, ins Krankenhaus zu fahren. Max sollte währenddessen auf Josie aufpassen. Ella sah ihre Zukunft an ihr vorbeiziehen. Sie war sich sicher, gerade eine Fehlgeburt zu erleiden. Im Krankenhaus angekommen, nach einigem Papierkram und Anmeldestress, kam eine Ärztin mit einer Assistenzärztin und einer Krankenschwester ins Behandlungszimmer. Es wurde festgestellt, dass es direkt aus der Gebärmutter blutete, aber auch dass (noch) eine Fruchthöhle mit den Anlagen für ein Kind vorhanden war. Daneben war das vermeintliche Hämatom. Wahrscheinlich des Übels Wurzel. Und daneben war noch eine Fruchthöhle. Mehr konnte man zu dem Zeitpunkt nicht sagen. Aber allem Anschein nach war der Fötus noch da. Was für den Moment – zwar eine unsichere – aber dennoch positive Aussage war. Ella wurde Ruhe und viel Schonen verordnet. Keine leichte Aufgabe mit einem fast 20 Monate alten Kleinkind! Daher war ihr klar, dass sie die Situation mit Max besprechen und sie sich gemeinsam Hilfe suchen mussten.

Zu Hause angekommen schilderte Ella Max die aktuelle Situation und sie beschlossen gemeinsam, es ihren Eltern zu sagen. Am selben Tag waren sie bei Max Eltern zum Mittagessen eingeladen. Allerdings erlebte Ella davor noch eine böse Überraschung! Beim nächsten Toilettenbesuch blutete Ella nicht nur stark. Nein! Es gingen auch Gewebeteile ab.
Ein riesiger roter Blutklumpen! Das könnte es nun echt gewesen sein. Allerdings könnten es auch Teile vom Hämatom gewesen sein. Aber der nächste Termin in dem KiWu-Zentrum war am Donnerstag und sie brauchten bis dorthin einen Plan. Einen Plan Ella zu entlasten, damit sie sich ausruhen konnte. Damit sich die Blutungen beruhigen konnten. Daher beschlossen sie, Max' Eltern die aktuelle Situation näher zu bringen und um ihre Hilfe zu bitten. Diese waren total verständnisvoll und willigten sofort ein, Josie gemeinsam mit Max abwechselnd für ein paar Tage zu betreuen, damit sich Ella etwas erholen konnte.

Montag (SSW 6+1):
Nachdem es den ganzen Sonntag fürchterlich geblutet hatte (inkl. Klumpen und Co) konnte sich der ganze Wahnsinn am Montag (nach dem vielen Liegen und Ausruhen) bereits etwas beruhigen und es trat nur noch bräunliches Blut hervor. Nun hieß es einmal mehr: ABWARTEN!

Donnerstag (SSW 6+4):
Beim nächsten Termin in dem KiWu-Zentrum wurde Ella wieder eine Menge an Medikamenten und Spritzen verschrieben, die sie bis zur SSW 12 nehmen sollte. Es wurden zwei Fruchthöhlen im Ultraschall gesehen, sowie ein kleines und ein großes Hämatom. Ella wurde für drei Tage ein Medikament verschrieben, das die Blutungen stoppen sollte.

Das Medikament verhinderte tatsächlich für drei Tage, dass Ella Blutungen hatte. Aber es ging nach den drei Tagen wieder bräunlicher Schleim ab. Was an und für sich ja nicht schlecht war, allerdings hatte sie nach ca. einer Woche wieder einen Tag dabei, an dem (über den Tag verteilt immer wieder) frisches, rotes Blut kam.

Montag (SSW 8+1):
Am – vorerst letzten – Besuch in dem KiWu-Zentrum konnte man bereits zwei schöne Herzschläge am Ultraschall erkennen. Darüber hinaus konnte man sehen, dass sich Krümel fein entwickelte und Krümelchen ebenfalls aufgeholt hatte und somit von der Entwicklung nur noch ca. eine Woche hinter Krümel war. Das eine Hämatom war zwar noch groß, war aber angeblich nicht größer geworden. Man konnte auch sehen, dass es sich auf einer Seite von sehr dunkel zu heller entwickelte. Was bedeutete, dass der Körper damit begonnen hatte, es abzubauen.

Mittwoch (SSW 9+3):
Dann stand endlich der langersehnte erste Frauenarzt-Termin vor der Tür. Die Ärztin konnte zwei schön schlagende Herzen und ein Hämatom erkennen. Das Hämatom war länglich und nicht gerade klein. Es lang seitlich an einer der Fruchthöhlen und würde Ella wohl noch einige Wochen begleiten. Krümel und Krümelchen lieferten sich eine Verfolgungsjagd, denn laut Ultraschall war Krümelchen nur mehr ca. zwei Tage hinter Krümel. Und Ella bekam endlich ihr erstes Foto!

Donnerstag (SSW 12+4):
Ella hatte wieder einen Termin bei der Frauenärztin. Diesmal sollten ihr endlich die Mutter-Kind-Pässe ausgestellt werden. Bis dato hatte sie ca. 2 kg zugenommen. Der Blutdruck war etwas erhöht. Es wurde ihr Blut abgenommen und von nun an konnte endlich über den Bauch geschallt werden. Die zwei Krümel waren entsprechend dem berechneten Stadium entwickelt. Krümel A war ziemlich aktiv und bewegte ich häufig. Krümel B war etwas kleiner und um einiges gechillter als Krümel A.

Freitag (SSW 12+5):
Am Morgen stand eine kurze Reise an. Ella und Max hatten sich Gedanken über die Möglichkeiten der Pränataldiagnostik gemacht und wollten (wie auch schon bei Josie) den „Combined Test" durchführen lassen. Hierbei wird das Risiko von Trisomie 21 (Down-Syndrom), Trisomie 13 und Trisomie 18 berechnet. Es wird der Blutdruck gemessen, Blut abgenommen und ein detaillierter Ultraschall durchgeführt. Zusammen mit den Angaben von Mutter (wie z. B. Alter, Vorgeschichte etc.) und Vater werden anschließend Wahrscheinlichkeiten berechnet. Hierbei konnte festgestellt werden, dass das Hämatom nicht mehr sichtbar

war und die zwei Krümel für das aktuelle Stadium „gut aussahen". Je zwei Hände, zwei Füße, zwei schön schlagende Herzen, zwei geschlossene Bauchdecken, die Größe dem berechneten Alter entsprechend. Krümel A sehr sportlich mit gefühlt 100 Umdrehungen und in Bauchlage und Schwimmposition. Krümel B tiefenentspannt und ziemlich gechillt.

Montag (SSW 19+1):
FA – Check

Freitag (SSW 22+5):
In der 23. Schwangerschaftswoche wurde eine weitere Untersuchung im Rahmen der Pränataldiagnostik – das Organscreening – durchgeführt. Hierbei werden sämtliche wichtigen Organe (wie z. B. Gehirn, Herz & Co) detailliert im Ultraschall betrachtet und es wird auf Auffälligkeiten geachtet. Dies ist eine ganz wichtige Untersuchung, um Risiken zu erkennen bzw. auszuschließen und im Fall der Fälle auch rechtzeitig reagieren zu können. Bei zwei Krümeln dauert so eine Untersuchung natürlich auch dementsprechend länger. Alles schien in Ordnung und Ella war für den Moment beruhigt und glücklich.

Montag (SSW 25+1):
FA – Check

Montag (SSW 28+1):
FA – Check

Freitag (SSW 29+5):
In der 30. Schwangerschaftswoche erfolgte dann die Geburtsanmeldung im Krankenhaus. Schön langsam wurde alles real.

Montag (SSW 31+1):
FA – Check

Mittwoch (SSW 31+3):
In der 32. Schwangerschaftswoche musste Ella in die Diabetes-Ambulanz, da ihre Zuckerwerte erhöht waren, und zur Kontrolle ins Krankenhaus. Von da an musste sie (wie auch schon in der Schwangerschaft mit Josie) mehrmals täglich ihre Blutzuckerwerte messen (… wieder Nadeln!).

Mittwoch (SSW 33+3):
Zwei Wochen später erfolge wieder eine Kontrolle im Krankenhaus und es wurde zum ersten Mal ein CTG geschrieben.

Montag (SSW 34+1):
FA – Check

Montag (SSW 34+4):
Ella und Max waren mit klein Josie beim Einkaufen und als sie mit dem Einkaufswagen Richtung Auto und über eine Gehsteigkante fuhren, fiel ihr der Einkaufswagengriff ziemlich hart auf den Bauch. Ziemlich besorgt fuhren sie sofort zum Frauenarzt, um eine Kontrolle durchführen zu lassen. Dort angekommen wurde sie auch sehr schnell drangenommen und durchgecheckt. Nach einem anfänglichen Schreck stellte sich allerdings schnell heraus, dass es den Mini-Mäusen gut ging und sie beruhigt nach Hause fahren konnten.

Montag (SSW 37+1):
Ella hatte schon die letzten drei Wochen immer wieder stärkere Übungswehen. Das Gehen bzw. sich zu bewegen war nur noch mühsam und anstrengend mit dem großen Bauch und an diesem Tag waren die Schmerzen besonders heftig und daher beschloss sie, ins Krankenhaus zu fahren. Der Kaiserschnitt wäre für Freitag (also erst in fünf Tagen) geplant, aber von ihr aus könnte es schon losgehen. Allerdings sahen die Ärzte und die Mäuse das etwas anders. Sie wurde über Nacht stationär zur Kontrolle (Schmerzmittel und CTG schreiben) aufgenommen, allerdings am nächsten Tag wieder nach Hause geschickt.

Freitag (SSW 37+5):
Ende Mai war es dann soweit. Der Tag des Kaiserschnitts kam. Ella und Max brachten Josie zu den Großeltern und machten sich dann frühmorgens auf den Weg ins Krankenhaus. Dort angekommen wurden innerhalb der ersten Stunde alle Formalitäten erledigt sowie das CTG geschrieben. Es erfolgten Blutabnahmen und schließlich wurden beide in ein „Wartezimmer" neben dem Kreissaal gebracht. Mittags wurde es dann ernst und Ella wur-

de abgeholt und für die OP vorbereitet. Im Operationssaal angekommen wurde eine **„Spinalanästhesie"** durchgeführt und die zwei Mäuse per Kaiserschnitt geholt.

Zusammenfassung der Recherchen (vgl. Traute, 2019/ vgl. Brander & Beinder, 2007/vgl. Schneck, 2014/vgl. Görgen, 2022):

Während einer Kaiserschnitt-Operation erhält die Mutter eine Narkose. Hier gibt es mehrere Möglichkeiten:
1) *__Vollnarkose:__ Hier ist man komplett ohne Bewusstsein und bekommt von der Geburt nichts mit. Diese Form der Narkose wird hauptsächlich bei einer Not-Sectio eingesetzt.*
2) *__Teilnarkose:__ Hier wird der Körper von der Taille abwärts betäubt und die Frau bleibt wach.*
   a. *„__Periduralanästhesie__" (PDA): Es wird ein Betäubungsmittel in den sogenannten Periduralraum (im Bereich der Brust- oder Lendenwirbel) gespritzt, der das Rückenmark umgibt. So werden nur die Nerven betäubt, die in dem Bereich ins Rückenmark münden.*
   b. *„__Spinalanästhesie__": Hier werden die Medikamente noch näher an das Rückenmark gespritzt: in den sogenannten Hirnwasserraum der Wirbelsäule. Dadurch wird die gesamte untere Körperhälfte betäubt. Eine Spinalanästhesie wirkt schneller als eine PDA und auch die benötigte Menge des Betäubungsmittels ist geringer.*

Die Freude war groß, als die Ärzte zwei gesunde Mädchen holten und Ella erschöpft, aber glücklich, als sie zum ersten Mal Theres und Marie betrachten konnte!

Der Kaiserschnitt war Ende Mai, aber Ella konnte sich nicht richtig davon erholen. Es war immer schwer, sich nach so großen Operationen zu erholen, aber sie hatte enorme Schmerzen und solche Kreislaufprobleme, dass sie sich nicht einmal richtig aufsetzen konnte. Ein ständiges Summen im Ohr machte sie verrückt. Vier Tage und einige Tests später stellte sich heraus, dass ihre Blutwerte katastrophal waren und sich unterhalb der Kaiserschnittwunde – aber Gott sei Dank außerhalb der Gebärmutter – ein faustgroßes, gestocktes Hämatom gebildet hatte. Dadurch erklärten sich auch der riesige Blutverlust und das Rauschen im Ohr. Leider war eine weitere Operation notwendig. Um Schlimmeres zu verhindern, musste die Kaiserschnittnarbe (die bereits zwei Mal komplett aufgeschnitten worden war) inkl. Gewebe, Faszien und Co noch einmal aufgeschnitten werden. Der gestockte Blutklumpen wurde entfernt und Ella wieder zugenäht. Sie bekam eine Eisentransfusion und zwei Bluttransfusionen. Nach acht Tagen Krankenhausaufenthalt verließ sie – vollbepackt mit Schmerzmitteln – mit den zwei neuen Familienmitgliedern das Krankenhaus. Die Regenerationsphase erstreckte sich über mehrere Wochen und Monate. Wenn man drei kleine Kinder zu Hause hat, die einen brauchen, kann man sich nicht wirklich bzw. nicht so schnell von zwei so schweren Operationen erholen …

Drei Monate später spürte Ella, dass etwas im Intimbereich nicht stimmte. Sie hatte Schmerzen auf der rechten Seite in ihrem Schambereich und fühlte etwas Hartes. Einige Recherchen und einen Frauenarztbesuch später waren sie und ihre Ärztin davon überzeugt, dass es sich um einen „bartholinischen Abszess" handelte.

Zusammenfassung der Recherchen (vgl. Kahle; Jurkoweit, 2022):

„Bartholinischer Abszess": Das ist eine bakterielle Entzündung des Ausführungsganges einer der beiden Bartholin-Drüsen (Geschlechtsdrüsen neben dem Scheideneingang). Es kann eine druckempfindliche oder schmerzhafte Schwellung im unteren Drittel einer der kleinen und großen Schamlippen auftreten. Der Ausführungsgang wird belegt und das von der Drüse weiterhin produzierte Sekret kann nicht mehr abfließen. Dadurch kann sich Eiter bilden und ansammeln. In einem fortgeschrittenen Stadium (wenn die Entzündung zu einer Eiteransammlung (Abszess) oder einer Zyste geführt hat, ist eine chirurgische Behandlung (unter Vollnarkose) notwendig.

Einige Tage später wurde ein OP-Termin fixiert. Ein Tagesaufenthalt im Krankenhaus inkl. Vollnarkose sollte das Problem beheben. Einige Stunden nach dem Eingriff wurde Ella erklärt, dass die Ärzte mitten im Eingriff entdeckten, dass es sich nicht um einen „bartholinischen Abszess", sondern ein **weiteres gestocktes Hämatom** handelte.

Um Gerinnungsstörungen abzuklären und die Ursache ausfindig zu machen, ließ Ella ein paar Wochen danach einige Bluttests durchführen. **Alle Werte befanden sich in der Norm.** Eine Gerinnungsstörung konnte nicht nachgewiesen werden. Allerdings wurde – wie auch schon in den Schwangerschaften – ersichtlich, dass sie an einem Eisenmangel litt. Aber auch diesen würde sie in den Griff bekommen.

Schon spannend, wie das Leben manchmal so spielt. Man befindet sich in einer Situation, in der man sich vielleicht gefangen fühlt und eigentlich weiß man nicht weiter und fühlt sich hilflos, aber man möchte etwas ändern. Und genau das ist der entscheidende Punkt: „Man möchte etwas ändern!" Wenn der Wille da ist, ist der halbe Weg schon geschafft. Ella und Max wollten etwas ändern. Sie wollten den nächsten Schritt wagen. Dass dieser Schritt allerdings so viele Fallen und Stolpersteine beinhalten würde, konnten sie damals nicht ahnen.

Schließlich waren Ella und Max, rund 4,5 Jahre, nachdem sie beschlossen hatten, eine Familie zu gründen, nach vielen Rückschlägen, Recherchen, „G'nackwatsch'n", Situationen der Verzweiflung und Ärzte-Marathons zu einer 5-köpfigen Familie mit drei gesunden Kindern gewachsen. Wer hätte das jemals gedacht? Die beiden ganz gewiss nicht! Dankbarkeit trifft ihre Empfindungen nicht einmal annähernd. Der Wahnsinn der letzten Jahre hatte allerdings seine Spuren hinterlassen (vor allem bei Ella), aber die überaus beschwerliche Reise war alle Stationen (Meilensteine) wert gewesen!

Ella und Max haben sehr viel auf dieser Reise gelernt – über sich selbst, über den jeweils anderen, über eine Welt, mit deren Themen man sich erst wirklich befasst, wenn es einen selbst betrifft. Wenn einen ein solches Schicksal trifft, ist die Frage immer: „Wie gehe ich damit um?" Wie geht mein Partner mit dieser Diagnose und den Meilensteinen, die vor einem liegen, um? Das erfährt man halt immer erst, wenn man den Weg geht und nicht vorher. Entweder man bzw. die Beziehung zerbricht daran, da der Weg entweder zu lang oder zu schwer ist oder man bzw. die Beziehung geht gestärkter als je zuvor aus diesem Kampf hervor. Wenn man einen solchen Weg geht, kostet das sehr viel Kraft, man entdeckt vielleicht Seiten an sich oder seinem Partner, die man nicht gekannt hat. Vielleicht gibt es Seiten, die man nicht mag, die einen verstören. Vielleicht gibt es Seiten oder Verhaltensweisen, die einen positiv überraschen. Zeiten, in denen man sich gehalten, geerdet, geliebt fühlt. Es gibt sehr viele ups und downs und man muss aufpassen, um kein Schleudertrauma zu bekommen. Der Körper rebelliert, man ist nicht man selbst. Die Psyche muss erst einmal mit der Tatsache klarkommen, dass man vielleicht nie das bekommen wird, was man sich am sehnlichsten wünscht. Druck – von der Außenwelt, der Partnerschaft, aber vor allem von sich selbst – kann ein entscheidender Faktor für die Instabilität der Psyche ein. Wenn man es allerdings bis in den Kampf- und Akzeptanzmodus geschafft hat und alle an einem Strang ziehen, dann wird man auch nicht daran zerbrechen. Ella hat gemeinsam mit Max relativ schnell in den Kampfmodus gefunden. Aber nicht gegeneinander, sondern miteinander, gegen alle Widrigkeiten. Wenn sich noch eine Tür geschlossen hat, haben sie weiter nach dem Notausgang gesucht. Jeder wird den Notausgang anders für sich definieren. Das kann von „wir akzeptieren die Kinderlosigkeit und finden etwas anderes, das uns glücklich macht", über „wir gehen den Weg gemeinsam mit Experten und den Möglichkeiten der modernen Medizin, soweit wir damit einverstanden sind" bis hin zur „Adoption" gehen. Jeder Mensch ist anders. Jede Beziehung ist anders. Jeder Weg ist anders. Was zählt ist einzig und allein, zu versuchen, den für sich richtigen Weg zu gehen und sich auf diesem Weg nicht selbst zu verlieren.

Quellenverzeichnis

Bücher & Fachjournale

Brander, D. & Beinder, E.: Auswirkungen der Periduralanästhesie (PDA) auf das Geburtserlebnis (April 2007), Zeitschrift für Geburtshilfe und Neonatologie

Schultz, J.: Leben mit dem PCO-Syndrom, Komplett-Media GmbH (2020)

Sander, T. & Borcard, A.: Das ovarielle Überstimulationssyndrom (OHSS) (2011), Journal für Gynäkologische Endokrinologie

Toth, B.; Baston-Büst, D. M.; Behre, H. M.; Bielfeld, A.; Bohlmann, M.; Bühling, K.; Dittrich, R.; Goeckenjan, M.; Hancke, K.; Kliesch, S.; Köhn, F.; Krüssel, J.; Kuon, R.; Liebenthron, J.; Nawroth, F.; Nordhoff, V.; Pinggaera, G.; Rogenhofer, N.; Schöneborn, S.; Schuppe, H.; Schüring, A.; Seifert-Klauss, V.; Strowitzki, T.; Tüttelmann, F.; Vomstein, K.; Wildt, L.; Wischmann, T.; Wunder, D.; Zschocke, J.: Diagnostik und Therapie vor einer assistierten reproduktionsmedizinischen Behandlung. Leitlinie der DGGG, OEGGG und SGGG (S2k Level, AWMF-Registernummer 015-085, Februar 2019) – Teil 2, Hämostaseologie, Andrologie, Humangenetik und Z. n. onkologischen Erkrankungen (2019). Siehe auch: https://www.thieme-connect.com/products/ejournals/pdf/10.1055/a-1017-3478.pdf?articleLanguage=de

Internetquellen

Breitbach, Elmar: Normwerte für das Spermiogramm – Spermienqualität nach WHO 2021 und 2010 (2010/2021). Siehe: https://www.wunschkinder.net/theorie/grundlagen-der-fruchtbarkeit/normale-spermienproduktion-und-funktion/normwerte-spermiogramm/(abgerufen am 26.07.2019, 20.07.2020, 25.10.2021)

Clanner-Engelshofen, Benjamin & Waxenegger, Christoph: Clomifen, 2021. Siehe: https://www.netdoktor.at/medikamente/clomifen/(abgerufen: 08.12.2021)

Feichter, M.: Endometriose (2022). Siehe: https://www.netdoktor.at/krankheiten/endometriose/(abgerufen: 03.05.2022)

Gesundheitsportal Österreich: Polyzystisches Ovar Syndrom, erstellt durch: Redaktion Gesundheitsportal, Expertenprüfung durch: Priv. Doz. Dr. Gunda Pristauz-Telsnigg (2021). Siehe: https://www.gesundheit.gv.at/krankheiten/sexualorgane/weibliche-hormone-zyklus/pco-syndrom.html (abgerufen am 27.10.2021)

Görgen, J.: Spinalanästhesie (2022). Siehe: https://www.praktischarzt.de/behandlung/spinalanaesthesie/(abgerufen: 04.03.2022)

Hermes, Sandra: IN-VITRO-FERTILISATION – Die wichtigsten Fragen zur IVF (2019). Siehe: https://www.eltern.de/kinderwunsch/kinderwunsch-medizin/ivf.html (abgerufen am 11.12.2019)

Institut für Qualität und Wirtschaftlichkeit im Gesundheitswesen (IQWiG): Myome der Gebärmutter (2021). Siehe: https://www.gesundheitsinformation.de/myome-der-gebaermutter.html

Kahle, C.; Jurkoweit, Y.: Bartholinitis und Bartholin-Zyste (2022). Siehe: https://www.meine-gesundheit.de/krankheit/krankheiten/bartholinitis-bartholin-zyste (abgerufen: 08.11.2022)

Krell, A.: Endometriose (2021). Siehe: https://www.frauenarzt-wien.at/index.php?option=com_content&view=article&id=42&Itemid=147 (abgerufen: 22.02.2022)

Müller, Mareike: PCO-Syndrom, 2021. Siehe: https://www.netdoktor.at/krankheiten/pco-syndrom/(abgerufen am 03.11.2021)

Kinderwunsch im Zentrum: Wie eine IVF/ICSI funktioniert (2019). Siehe: https://kiz-tulln.at/de/Kinderwunschbehandlung/Ablauf (abgerufen: 18.12.2020)

Neuwinger, J.; Munzer-Neuwinger, B.; Licht, P.: Embryonalentwicklung (2022). Siehe: https://www.ivf-nuernberg.de/kinderwunsch-forum/grundlagen/embryonalentwicklung (abgerufen: 06.07.2022)

Schneck, D.: Spinalanästhesie und Periduralanästhesie: Apotheken Umschau – Unabhängige Gesundheitsinformation (2014). Siehe: https://www.apotheken-umschau.de/therapie/therapiearten/spinalanaesthesie-und-periduralanaesthesie-742709.html (abgerufen: 10.09.2022)

Schneider, Mischa/Urech-Ruh, Cornelia/Talimi, Scherwin/van den Bergh, Marc/Hohl, Michael: Neues zum Spermiogramm: Einfluss auf die Therapieplanung, FHA – Frauenheilkunde aktuell (2011). Siehe: https://frauenheilkunde-aktuell.ch/de/fachmagazin/ausgaben/2011-02/frauenheilkunde-aktuell-2011-02.pdf (abgerufen am 02.12.2021)

Seidel, Johannes/Hudelist, Gernot/Just, Alexander/Kumposcht, Jens: Eileiterüberprüfung (2021). Siehe: https://www.womanandhealth.at/gynaekologie/unerfuellter-kinderwunsch/eileiterueberpruefung (abgerufen am 20.01.2022)

TFP Fertilitiy Austria: Blastozystentransfer (2020). Siehe: https://tfp-fertility.com/de-at/wissenswertes/ablauf-einer-kinderwunschbehandlung/blastozystentransfer (abgerufen: 13.04.2020)

TFP Fertilitiy Austria: In-vitro-Fertilisation (IVF) – Die IVF-Behandlung ist eine Befruchtung außerhalb des Körpers (2020). Siehe: https://tfp-fertility.com/de-at/kinderwunschbehandlung/ivf-in-vitro-fertilisation (abgerufen: 20.01.2020)

Traute, Moni: Anästhesisten im Netz – Periduralanästhesie (PDA) (2019). Siehe: https://www.anaesthesisten-im-netz.de/anaesthesie/was-ist-eine-regionalanaesthesie/periduralanaesthesie-pda/ (abgerufen: 07.06.2020)

Allgemeine Internetseiten:
- anaesthesisten-im-netz.de
- gesundheit.gv.at
- gesundheits-lexikon.com
- kiz-tulln.at
- netdoktor.at
- privatklinik-goldenes-kreuz.at
- schwanger.at
- springermedizin.de
- uniklinik-ulm.de
- womanandhealth.at
- wunschkinder.net

Die Autorin

Eva-Maria Ruhrhofer (geb. 1988) schreibt unter dem Pseudonym „Alis Gaba". Sie wurde in der schönen Steiermark, dem grünen Herzen Österreichs, geboren. Mittlerweile lebt sie mit ihrem Mann und ihren drei Kindern in Krems an der Donau. Bereits in jungen Jahren konnte sie der Lyrik, Epik und Dramatik sehr viel abgewinnen. Das Schreiben entwickelte sich zu ihrer Leidenschaft.

Der Verlag

> *Wer aufhört besser zu werden, hat aufgehört gut zu sein!*

Basierend auf diesem Motto ist es dem novum Verlag ein Anliegen, neue Manuskripte aufzuspüren, zu veröffentlichen und deren Autoren langfristig zu fördern. Mittlerweile gilt der 1997 gegründete und mehrfach prämierte Verlag als Spezialist für Neuautoren in Deutschland, Österreich und der Schweiz.

Für jedes neue Manuskript wird innerhalb weniger Wochen eine kostenfreie, unverbindliche Lektorats-Prüfung erstellt.

Weitere Informationen zum Verlag und seinen Büchern finden Sie im Internet unter:

www.novumverlag.com

Bewerten Sie dieses Buch auf unserer Homepage!

www.novumverlag.com

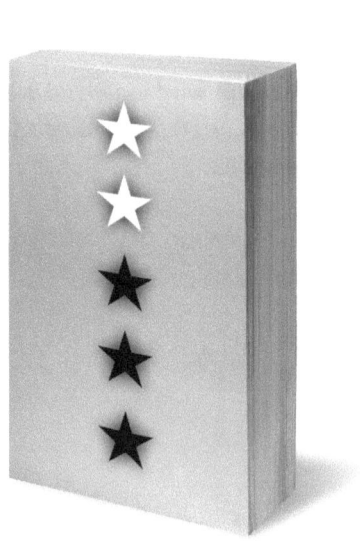